Observadora sagaz de la vida diaria y, por ello, cronista singular de las profundidades cotidianas, Cristina Pacheco (San Felipe, Guanajuato, 1941) es también una sutil narradora que echa mano de ese don y esa experiencia para crear ficciones inolvidables. Si como periodista ha demostrado las múltiples virtudes que le han sido reconocidas por la crítica y por su público, y avaladas por las distinciones nacionales que ha merecido, como cuentista se esmera en un delicado ejercicio literario donde los detalles de la existencia doméstica rompen la superficie y adquieren las dimensiones del conflicto que son, sin lugar a dudas, la vida misma: angustias, alegrías, dolores y aun tragedias que se entretejen en la trama del diario ir y venir del mundo.

Para vivir aquí (1983), *Sopita de fideo* (1984), *Zona de desastre* (1986), *La última noche del Tigre* (1987) y *Los trabajos perdidos* (1998) son sólo algunos de los títulos que ejemplifican sus virtudes en el género que ahora revalida con este nuevo libro de relatos donde los protagonistas y demás personajes caminan al filo de las páginas como los modelos que los inspiran; andan, todos los días, al filo de lo que Jaime Sabines llamó la hermosa vida.

TIEMPO DE MÉXICO

Tiempo de México

Limpios de todo amor

El día siguiente

Limpios de todo amor

Cristina Pacheco

OCEANO

Editor: Rogelio Carvajal Dávila

LIMPIOS DE TODO AMOR

© 2002, Cristina Pacheco

D. R. © EDITORIAL OCEANO DE MÉXICO, S.A. de C.V.
Eugenio Sue 59, Colonia Chapultepec Polanco
Miguel Hidalgo, Código Postal 11560, México, D.F.
☎ 5279 9000 📠 5279 9006
✉ info@oceano.com.mx

PRIMERA EDICIÓN

ISBN 970-651-512-7

IMPRESO EN MÉXICO / PRINTED IN MEXICO

ÍNDICE

Nota de la autora

Limpios de todo amor reúne cuarenta narraciones. Es una mínima selección de los cuentos que he publicado semana a semana en "Mar de Historias" de *La Jornada* entre 1997 y 2001. Como siempre ocurre en la literatura, la pasión amorosa y la muerte son sus temas fundamentales; pero también están presentes el dolor de la ausencia, los sueños y realidades del emigrante, los hechos insólitos que irrumpen en la cotidianidad y los estragos que causan la miseria y la violencia. Anima a estos relatos, dramáticos pero a veces salpicados de humor, el propósito de reflejar la vida en un México real en el que, sin embargo, ambientes y personajes son imaginarios.

Nacidos de un murmullo, una sombra, un recuerdo, una palabra, una mirada, todos los protagonistas llevan nombres que están en nuestro santoral; sus caminos son los que transitamos a diario; su historia es parte de la nuestra, o al menos de la mía. Por eso es posible que conforme avancemos en la lectura digamos: "Esto me sucedió a mí", "Yo he estado en ese lugar".

Así, *Limpios de todo amor* significa un rencuentro con personajes que han sobrevivido al paso del tiempo y aún tienen muchas historias que contarnos.

Octubre de 2001

Por siempre Mozart

—¿Deveras te dedicas a la música? —le pregunté al muchacho. Él me miró y se quedó quieto, con los pantalones a medio poner. No me ataqué de la risa sólo porque en los ojos le vi el miedo. Cuando ya nos tuvimos confianza, él lo negó:

"Te equivocas, Isabel. Lo que pasó fue que me sorprendiste. Nunca pensé que te interesaría saber a qué me dedico, y menos después de que veinte minutos antes, mientras subíamos al cuarto, me leíste la cartilla: *Treinta pesos por los quince minutos y sin cositas raras.*"

Me dio vergüenza porque sí se lo había dicho. Fue algo natural. En aquellos momentos Fabián era para mí un cliente como cualquier otro. Hicimos el trato en la calle; andábamos urgidos: él de sacarse la calentura y yo de largarme. Había tenido una noche muy mala, pero terminó bien gracias a Fabián. Salimos del hotel y me vine a la casa. Al llegar lo primero que hago es bañarme y prender la tele. Aquella vez ¿sabes qué hice?: recordar a mi abuelo. Él me crió. Se llamaba Jacinto, enviudó muy joven, fue músico de una iglesia. Y yo salí puta. ¿Te imaginas?

Me enteré de que mi abuelo vivía en el asilo una mañana en que andaba por la Villita y me tropecé con Anselmo. Quiso hacerse el muerto pero lo seguí: "¡Salúdame! No tengo lepra". "Es que no te reconocí." Creyó que con eso se la iba a sacar, pero ni madres: "Pues qué chistoso porque en cuanto te vi dije: allí va mi primo".

Le pedí que me invitara un refresco mientras platicábamos. Creí que por lo menos me llevaría a un Vips pero se chiveó y me jaló a una fonda del mercado. Tenía miedo de que lo vieran conmigo. Hice como si nada y le pregunté por el abuelo. "Después de que te fuiste nos lo llevamos para la casa. Estaba bien, pero cuando los padrecitos le dijeron que ya no podían pagarle por tocar en la iglesia se volvió muy difícil y acabó pidiéndonos que le buscáramos un asilo."

"¡Hablador! Seguro lo refundiste allí para no tener que mantenerlo." Entonces me la retachó: "Si alguien tenía obligación con él eras tú. Él te crió, pero en vez de procurarlo cuando envejeció, te largaste de güila. Si tanto te preocupa ve a buscarlo". Anselmo me tiró en la mesa una hojita con la dirección del asilo y se salió sin pagar la cuenta.

Me quedé pensando qué hacer. En esos tiempos andaba bien prángana y era muy mensa; todo lo que me caía era para el Chano. Así, ¿cómo iba a encargarme de mi abuelo? Total, guardé la dirección quién sabe dónde. Como un año después la encontré en una bolsa. Tú me conoces, manita, y sabes que no soy supersticiosa, pero al ver el papel pensé: "Las cosas pasan por algo. Esto quiere decir que el abuelo me está llamando con el pensamiento". Al otro día temprano me fui a visitarlo con ánimo de traérmelo para la casa.

Nunca había entrado en un asilo. Cuando me pasaron dizque a la sala de visitas se me hizo muy parecida a los cuartos del Gibraltar. ¿Has trabajado en ese hotel? Es horrible, está muy húmedo de las paredes, bien feo. Me quedé en la sala un buen rato, hasta que apareció una chaparrita bigotona muy sudorosa. Me avisó que mi abuelo —ella lo llamó sólo "don Venegas"— tenía un problema y no iba a recibirme. "¿Está enfermo?" "No, es doña Aída. Se me hace que ahora sí se nos va, pero quién sabe a qué horas y no creo que don Venegas quiera separarse de ella. ¿Por qué no vuelve otro día?"

Tuve la corazonada de que "otro día" iba ser nunca y mejor me puse mansita: "No sea mala, seño, déjeme pasar aunque sea nada más a saludarlo. Por favor". La bigotona me barrió con la mirada de arriba abajo, pero yo me estuve quieta, como los buenos toreros. "Le advierto que don Venegas está en el cuarto de Aidita. No ha querido salir a desayunar. A lo mejor a usted ni le habla." Le puse un billete en la mano: "Me conformo con verlo. ¿Sí me deja?".

Caminamos por unos corredores muy largos antes de llegar al cuarto 27. Por la puerta salía un olor a desinfectante y música como de iglesia. "Cuando se vaya avise en recepción", dijo la bigotona y se fue. En ese momento sentí bastantes cosas: miedo, alegría, tristeza y hasta ganas de rezar.

Abrí la puerta. Vi a mi abuelo de espaldas, junto a la cama y agarrándole la mano a la enferma. "¿Puedo pasar?" Molesto, nomás preguntó: "¿Quién es?"; le grité, al recordar su sordera: "Isabel, su nieta". Entonces sí se volvió a mirarme y se puso un dedo en la boca: "Ssht: es Mozart". Me quedé quieta, viéndolo mover su mano al ritmo de la música que salía de un tocacintas.

Al terminar, mi abuelo volvió a poner el concierto, sin importarle que yo estuviera allí después de tanto tiempo sin vernos. "Por mi culpa", pensé. Me acerqué despacio, le toqué el hombro y repetí mi nombre. Él me sonrió para darme a entender que me había reconocido. Luego me preguntó si era jueves. "No: miércoles. No toca visita, pero me dejaron entrar. ¿Le da gusto verme?" Mi abuelo se me acercó. Pensé que iba a besarme pero lo hizo nada más para decirme en secreto: "Están fallando las pilas. ¿Puedes ir a comprarme otras? No está bien que Aída se vaya sin su música. Quiero que la acompañe hasta que llegue al cielo. Se lo prometí y ella, a cambio, me heredó su grabadora".

Me dio mucha ternura y quise abrazarlo pero no pude. Mi abuelo se agachó sobre la enferma y le dijo: "¿Estás oyendo? Es Mozart". Doña

Aída movió la cabeza, se estremeció y abrió la boca. Comprendí que acababa de morir, pero mi viejo no, y siguió hablándole: "Si quieres que le suba al volumen, lo hago; nada más que ya sabes: la señorita Herminia volverá a amenazarnos con llevarse la grabadora".

Solté un grito. Mi abuelo volvió a ponerse el dedo en la boca: "Ssht, niña, si no puedes estarte silencia, hazme favor de salirte". Eso mismo me decía cuando me llevaba con él a la iglesia. La recuerdo medio oscura y oliendo a flores podridas, pero allí era muy feliz oyendo la música.

De repente se abrió la puerta del cuarto y se asomó la bigotona: "¿Cómo sigue Aidita, don Venegas?". Él respondió: "Bien". No pude resistir más. Me tapé la cara y me solté llorando. Mi abuelo subió el volumen de la música.

Enseguida regresó Herminia con un enfermero y me ordenó: "Lléveselo, tenemos que trabajar antes de que se den cuenta los otros. Estas cosas les hacen muchísimo daño". Volvió a abrirse la puerta. Era el médico: "Me permite, don Jacinto", dijo, y apartó a mi abuelo de la cama. Necesitaba espacio para acercarse a doña Aída y ver si le latía el corazón. Antes de ponerle su aparato en el pecho apagó la grabadora. Mi abuelo se enfureció: "Respeten". Quiso poner de nuevo la música, pero Herminia no lo dejó: "Entienda: Aída ya no escucha". "¿No?", repitió mi abuelo. Con los ojos le pregunté a Herminia qué debía responderle. Ella me dijo quedito: "Nada. Sáquelo. Es mejor para él. Su corazón no anda bien".

Tomé del brazo a mi abuelo pero él se soltó. Me di por vencida. Herminia no: "Oiga, don Venegas: ¿por qué no le enseña el jardín a su nieta? Si quiere puede llevarse su grabadora, nada más no vaya a ponerla muy fuerte. Acuérdese". Mi abuelo recogió el tocacintas y salió.

Lo seguí hasta el jardín. Se fue derecho a una banca: "Siéntate", dijo. Creí que iba hablarme, pero nada más movía los labios y de vez en cuando soltaba la risa. Al fin encendió su tocacintas. Ya apenas se oía. Pensé en las pilas y quise ir a comprar las otras, pero él me detuvo: "Ssht, es Mozart". Se pasó un ratito haciendo como que dirigía una orquesta. Luego se apoyó en mi hombro y se quedó dormido. Ya no despertó. Se ve que tenía prisa de alcanzar a su amiga en el camino.

Fabián se ríe mucho cuando le digo que así quiero morirme: en un jardín, recargada en su hombro y oyendo a Mozart.

Novela de espionaje

El viernes resultó un día infernal. Se fue desmoronando hasta caernos encima, como una vieja pared humedecida. Ninguna dijo nada, pero estoy segura de que también mis compañeras se sintieron presas bajo los escombros de lo que había sido, hasta apenas veinticuatro horas antes, una convivencia agradable. Ha habido épocas difíciles. Las rebasamos. ¿Podremos hacerlo en esta nueva etapa que tiene el nombre y el estilo de Paola Vergara?

El jefe de personal informó que el gerente nos esperaba a las doce para presentarnos con la doctora Paola Vergara. "¿Quién es ésa?", nos preguntamos en el Departamento de Promociones un minuto después. "¿Doctora en qué?" "Será en medicina", respondió Isaura Colmenares. Mireya Valdés la rebatió: "¿Y qué tendría que hacer aquí, dónde sólo hay moldes, plásticos, empaques, colorantes?". Janet Alcántara expresó sus temores: "En la empresa en que trabaja mi hermana les están haciendo exámenes de no embarazo a todas sus compañeras. ¿Quién nos dice que esta *doctorcita* no viene para una cosa así?".

Nos pasamos el resto de la mañana en conjeturas acerca de la recién llegada y bromeando en torno a las inquietudes de Janet. Debimos de haber tenido un aspecto raro, pues cuando Poncho llegó con la correspondencia la dejó en el escritorio de Silvina, junto a la puerta: "No sé de qué hablarán, pero les advierto que dan miedo".

Faltaban unos minutos para la reunión con el gerente. Pregunté: "¿Cómo se imaginan a la doctora?". "Eso es lo de menos", respondió Janet. "Lo que me preocupa es que venga a hacer otro recorte. Me quitan el trabajo ¿y qué hago sola y con dos hijos chicos?" Silvina se llevó la mano al pecho: "¿Y yo, con mi mamá enferma? Me corren y me tiro al metro". Su tono lúgubre contagió a Isaura, nuestra jefa de sección: "Si echan a alguien será a mí, que ya ando por los cincuenta".

Mireya Torres quiso tranquilizarla: "Con la experiencia que tienes, veo difícil que alguien pueda ocupar tu puesto. En cambio yo...". No dijo más pero todas recordamos que por darle el aval a un marido que después la abandonó había estado en un centro de readaptación social. "Si a esas vamos —dije, y me miré el zapato ortopédico—, de otros trabajos me han despedido porque, según los jefes, doy mal aspecto a las empresas." Janet abandonó su restirador: "Oigan, ¿por qué mejor no esperamos a ver de qué se trata?". En ese momento reapareció Poncho: "Ya casi son las doce, apúrense".

Entramos en fila a la gerencia. Ninguna se aventuró más allá de la puerta. "No se queden allí, pasen. Amelia, por favor, siéntese", me dijo el señor Garcés mirándome discretamente. "Nadie se la va a comer." Sonriendo se volvió hacia la doctora Vergara: "Aquí tiene usted al Departamento de Promociones. Reducido y muy eficaz. Preséntense por favor". Los labios de la doctora se adelgazaron aún más cuando sonrió. Mientras pronunciábamos nuestros nombres ella nos observaba con sus ojos desnudos, implacables, brillantes. Cuando terminamos tomó la palabra: "Sé lo que están pensando". Se meció de un lado a otro y miró al techo: "¿Qué tiene que hacer una doctora aquí?". Sonrió otra vez y sus labios fueron de nuevo una línea roja, una cicatriz en su rostro pálido. Todas reímos.

"¡Adiviné!", declaró satisfecha mirando al gerente. Él no ocultó su asombro y se fue al otro extremo de la oficina para dejarle libertad de acción. La doctora se frotó las manos y nos miró de frente: "El señor Garcés, con una confianza que agradezco, me ha informado de la manera en que funciona esta empresa. ¿Para qué estoy aquí? Para que marche mejor. Lo vamos a conseguir porque contamos con el principal recurso: ustedes. Reconocemos su profesionalismo, sus capacidades y su experiencia".

La doctora adivinó que sus palabras no disminuían nuestra inquietud y se volvió más enfática: "Sé que aman su trabajo. Ese amor puede convertirse en un gran capital si se administra. ¿Quién lo administrará en *nuestra* empresa? Todos.

Las primeras en capacitarse serán ustedes. Después me acercaré a sus compañeras y compañeros de otros departamentos".

La doctora Vergara vio que el gerente hacía un gesto aprobatorio y continuó: "No quiero ser la única que hable. Si tienen dudas, adelante". Todas nos volvimos a Isaura, pero ella declinó moviendo la cabeza. Janet levantó la mano: "Quisiera saber cómo vamos a intervenir en la administración. Aquí hay un departamento...".

La doctora rio como una madre sorprendida por la ocurrencia de su hijo: "Por supuesto *tiene* que haber un buen departamento administrativo. Sus funciones lo abarcan todo. Es una megavisión; pero yo estoy hablando de una *microvisión*, algo mucho más directo e individual. Por ello esta misma tarde tendré reuniones privadas con cada una de ustedes".

El gerente volvió junto a su escritorio: "Para eso, disponga de mi oficina. Le prometo que para el lunes estará lista la suya". La doctora manifestó sus dudas con un gesto que intentó ser gracioso. El gerente se llevó la mano al pecho: "Lo juro". De nuevo todas reímos. "Creo que ya nos vamos entendiendo", dijo la doctora y consultó su reloj: "¿Qué les parece si comenzamos esta misma tarde?". Citó a Isaura a las cuatro. A partir de ese momento las demás tendríamos entrevistas espaciadas de modo que no impidieran nuestra salida a las seis.

Isaura regresó al cuarto para las cinco. La rodeamos y la avasallamos con preguntas. En vez de respondernos se dirigió a Mireya: "Te está esperando. Apúrate". No conseguimos que nos dijera lo que había hablado con la doctora Vergara, sólo supimos que continuaba en su puesto. Lo celebramos pero ella no parecía feliz.

"Silvina, te toca", dijo Mireya de regreso y se fue directo a su restirador. "¿Qué pasó?", pregunté. "Habló de sus proyectos. Ojalá funcionen." Para impedir nuevas preguntas se puso a comparar los bocetos de una nueva campaña promocional. Silvina apareció minutos más tarde y en vez de relatarnos su entrevista corrió al teléfono: "Espero que a mi mamá no se le haya olvidado tomarse su medicina". Llegó mi turno. La perspectiva de verme a solas con aquella mujer de cara fúnebre y labios imperceptibles duplicó mi malestar.

La doctora Vergara me preguntó por qué usaba calzado ortopédico. Pareció muy interesada en mi explicación. Luego quiso saber si *por ese motivo* había tenido problemas para encontrar empleo. Le dije la verdad: "Sí, muchas personas relacionan situaciones como la mía con incompetencia". La doctora protestó: "Es absurdo que se apliquen esos criterios. Son primitivos e inhumanos. Sólo se deben tomar en cuenta el profesionalismo, la destreza, la experiencia y la entrega con que una persona haga su trabajo. ¿Cuánto tiempo lleva aquí?".

La pregunta salía sobrando: en su escritorio estaba mi expediente: "Cuatro años. Por eso

veo a mis compañeras como si fueran mis hermanas". Hizo una anotación y guardó mi fólder. Creí
que era todo pero añadió: "A lo largo de los años
los lazos de amistad generan pequeñas complici-
dades".

Sonreí desconcertada. La doctora me miró a
los ojos: "Son cómodas, pero al final siempre resultan dañinas para la empresa. Y eso es lo que quiero impedir. ¿Cómo voy a lograrlo? Con la ayuda
de cada una de ustedes. ¿Qué mejor vigilancia que
la que puedan ejercer unas sobre otras?".

No oculté mi disgusto. La doctora se defendió: "No me malinterprete. No le pido que venga
a decirme lo que hacen sus compañeras, sólo quiero
que me informe de lo que dejan de hacer. Necesitamos que todas mantengan un ritmo constante y
ascendente. No sería justo que usted, a quien le
importa tanto conservar este trabajo, lo perdiera.
¿Comprende?".

La doctora Vergara había logrado *optimi-
zar* nuestro rendimiento: de ahora en adelante ya
no seremos compañeras de trabajo, sino espías y
delatoras unas de otras.

La ópera del hambre

Aquéllos eran de verdad otros tiempos. Sé de lo que hablo porque lo viví. Fuimos siete hermanos. El nacimiento de cada uno hacía más pobre al anterior, pero todos sobrevivimos. Eso prueba que en otras épocas los niños sí venían al mundo con una torta bajo el brazo. Que me caiga un rayo si miento al decirle que, cuando menos algunos fines de semana, nos hartábamos de alimentos muy ricos y variados.

Lo que acabo de contarle puede prestarse a confusiones que empañen la memoria de mis padres. Como no hay nada que me disguste más, le precisaré nuestro origen y situación familiares. De lunes a lunes éramos miserables. Nuestra casa nunca pasó de ser obra negra ni rebasó los dos cuartos que compartíamos nueve personas: dos adultos —padre y madre— y siete escuincles.

Como se dice vulgarmente, nacimos en escalerita. Mi madre cumplió más que de sobra con la naturaleza al darle un hijo por año hasta que se lo impidió el asalto de que fue víctima mi padre. Él salía a trabajar en la madrugada. Un viernes lo sorprendieron dos tipos. Le quitaron tres pesos, su costal y "la sustancia".

Mi padre murió a los 72 años, fiel a su oficio de pepenador y tan completo como vino al mundo. Según los rechinidos nocturnos que salían de su camastro, todos sus hijos fuimos testigos de que se portaba como todo un hombre con su mujer. Lo que le arrebataron en el asalto fue la tranquilidad, "la sustancia".

Debido a eso el vientre de mi madre quedó plano por el resto de su vida. No diré más. No es fácil hablar de estas cosas, y menos con desconocidos. No quiero traicionar una intimidad conyugal que nos involucraba a todos, hasta a mi hermanita menor, Clotilde.

Clotilde acaba de cumplir 48 años. Aunque somos los únicos sobrevivientes de la familia, la visito poco. Cuando lo hago nadie comprende que sólo nos sentemos a escuchar lo que mi cuñado llama "música de iglesia", o sea la buena música. A Clotilde y a mí nos recuerda la época en que aún éramos nueve de familia y en el barrio se nos conocía como el Escuadrón Migajita.

Mi padre nos apodó así mucho antes de que empezáramos a trabajar en las casas. Se le ocurrió una de las poquísimas veces en que pudo comprarnos pan dulce. Nos lo acabamos todo en un momento y después nos humedecimos con saliva los dedos para pescar las migajitas regadas en la mesa.

Con todo y que éramos bien pobres nunca deja-
mos de ir a la escuela. Al principio los compañeros
nos despreciaban por ser hijos de un pepenador.
Empezaron a mirarnos de otro modo el día en
que llevamos de lonche alimentos casi buenos y
hasta medio raros: hojaldres, volovanes, medias-
noches. Ellos jamás habían visto nada semejante.
.No vaya usted a creer que robábamos esos
alimentos como lo hacen ahora algunas gentes
que, ya ve, se meten a los supermercados, a las po-
llerías, y sacan todo lo que pueden. Nosotros jamás
lo hicimos: lo ganábamos todo a pulso o, mejor dicho, a diente. Nuestro trabajo consistía en ir a las
casas de donde nos llamaran y comernos lo que
estuviera a punto de echarse a perder.

Visto desde fuera, nuestro trabajo podría considerarse repugnante o vergonzoso. Lo cierto es
que a todos nos resultaba muy agradable y satis-
factorio en dos sentidos: el estrictamente alimen-
ticio y el moral. Imagínese lo que significaba para
siete chamacos lombricientos saber que ya no eran
una carga para sus padres y además le hacían un
bien a la comunidad. Solicitaban nuestros servicios personas de las colonias nuevas, señoras que
deseaban tener limpios la conciencia, la cocina y
hasta el refrigerador, si es que lo tenían.
    Nuestro negocio empezó por mera casua-
lidad. Una tarde en que acompañamos a mi mamá

a entregar una ropa que había lavado vio que su patrona dejaba en la banqueta un periódico lleno de tortillas duras, pan viejo, restos de guisado. "Siempre pongo allí mis desperdicios para que alguien se los coma. No tengo dónde guardarlos y no quiero que la cocina se me llene de cucarachas."

No me da vergüenza decirle que en cuanto nos quedamos solos mi madre, mis hermanos y yo nos abalanzamos para ver cuáles desperdicios podían ser comestibles. La patrona salió y le propuso a mi madre que los viernes por la tarde nos mandara a su casa para que comiéramos, "como gente, en la mesa", lo que le hubiera sobrado de la semana.

El viernes siguiente le hicimos tan buen trabajo a la señora que se corrió la voz incluso entre las que tenían refrigerador y enseguida nos llamaron de otras partes, hasta de un salón donde se festejaban bodas y quince años. ¡Qué no comimos entonces! Al principio íbamos a las casas empujados por el hambre, después le seguimos por otro motivo.

Cuando terminábamos de comer le echaba un vistazo a la cocina y salía de allí contento de saber que, gracias al Escuadrón Migajita, quedaba tan limpia como la conciencia de las amas de casa. Deben de haber creído que al permitirnos comer sus desperdicios construían otro escalón para subir derechito al cielo.

Entre nuestras muchas benefactoras Clotilde y yo recordamos especialmente a una. Se llamaba Danila. Era calva, de ojos verdes, con labios delgados como rendija y una barbilla salida como la de Popeye. Vivía sola en una casa enorme de paredes altísimas. Alrededor del patio estaban los cuartos. El último era la cocina blanca y limpia como sala de operaciones.

Nosotros, que andábamos siempre zarrapastrosos, debemos de habernos visto allí como enjambre de moscas sobre pastel de bodas. Sin embargo, a la señora Danila nunca le molestó nuestro aspecto. El único requisito era que nunca llegáramos después de las cinco de la tarde, hora en que ella empezaba a escuchar las óperas transmitidas por la XELA.

Jamás olvidaré el primer domingo en que fuimos a su casa. Danila nos llevó de prisa a la cocina, abrió el refrigerador, dijo: "Aquí tienen". Eran muchísimos restos para una mujer sola. Luego, sin preocuparse de cómo íbamos a organizarnos para devorarlos, fue a sentarse a la sala y prendió el radio.

Cuando oímos la música y los gorgoritos que hacían los cantantes de ópera nos echamos a reir. ¿Creerá que le importó a la señora Danila? Para nada. Ella siguió metidísima con su música. De vez en cuando les hacía segunda a los cantantes o levantaba las manos como si estuviera dirigiendo a la orquesta. Lo más chistoso era cuando, al final de una tanda de gorgoritos, aplaudía y con la mirada nos obligaba a imitarla. Las tardes que al principio sólo nos parecían importantes por la comida se nos volvieron muy hermosas porque aprendimos a disfrutar la música.

Un domingo nos abrió la puerta un hombre relamido. Estaba esperándonos: "Mi tía dijo que pasaran a la cocina". Obedecimos. Mientras poníamos en la mesa los restos de comida, el sobrino fue a sentarse en la silla de su tía. Me pareció un abuso y pregunté por la señora Danila. "La pobre guardó cama miércoles y jueves. Estuve todo el tiempo con ella, hablamos mucho, me contó de ustedes. Murió el viernes."

Sin fijarse en cuánto nos entristecía la mala noticia, el relamido prendió el radio, pero al escuchar la música cambió de estación. En ese momento, sin Danila y sin su ópera, volvimos a ser lo que éramos en las otras casas: devoradores de basura.

Mi adoradísima hija

Eva ignora cuándo terminará de leer la carta fechada el 12 de noviembre de 1973. *Mi adoradísima hija, mi nena linda...* Comenzó a leerla semanas después de que su madre se fue sin dejar huella. Mientras seguía buscando algo que pudiera explicarle su desaparición, Eva reparó de nuevo en la estorbosa maleta negra. Le había suplicado a su madre que se deshiciese de ella, aunque era el único vestigio de su padre, vendedor de plaguicidas y fertilizantes en todo el territorio nacional.

La tarde del 12 de noviembre, Eva gritó cuando se tropezó por vez primera con el veliz abandonado a mitad del pasillo. Su reacción se debió menos al dolor que al disgusto. Luego apartó *aquello* con la punta del pie y fue en busca de su madre para reclamarle la omisión y el descuido. "Mamá, ¿por qué dejaste aquí esa porquería? Te dije que la tiraras. Si quieres guardarla, allá tú; pero al menos no la pongas donde cause problemas. ¿No se te ocurrió que podíamos tropezarnos con ella? En fin, para qué te pregunto: sé que nunca se te ocurre nada."

De haber estado en la casa aquella tarde, su madre le habría respondido a Eva —*Mi adoradísima hija, mi nena linda*— con una disculpa o tal vez con una súplica equivalente a una sutil reconvención: "Acabas de llegar y ya estás enojada conmigo". Renqueando ostensiblemente, Eva terminó de recorrer el pasillo y entró en la recámara —"¿Mamá?"— y después se dirigió al baño. Junto a la puerta pudo haber pronunciado alguna frase adecuada a las circunstancias —"Me asusté al no encontrarte. ¿Estás bien?". "Llevo horas buscándote, ¿que no me oíste?" —pero Eva recuerda que no lo hizo. Con impaciencia llamó dos veces. Se extrañó al no obtener respuesta y el cansancio acumulado en las horas de trabajo se agravó con el peso de la inquietud.

Mi adoradísima hija, mi nena linda. Permíteme que te llame como lo hacía cuando eras niña. Dejé de hacerlo porque tú me lo pediste. A eso he dedicado buena parte de mi vida: a complacerte. Tal vez alguien piense que me equivoqué. Yo no lo creo. Quise compensarte de nuestra soledad y además siempre me causó una dicha enorme darte gusto. Ésta será la primera vez que no me alegre satisfacerte. Me consuelo imaginando lo que significará en tu vida mi ausencia.

Aquel 12 de noviembre, muchos días antes de abrir la maleta negra, Eva retrocedió hasta la puerta de la casa. Allí permaneció un buen rato, segura de que más pronto que tarde su madre aparecería cargada de bultos y disculpas. *Creo que debo expli-*

carte por qué decidí irme. No es un abandono. Mi au-
sencia será tu mejor compañía y por eso te suplico que
no me busques: no te hagas ese daño. Impaciente, Eva
abandonó su observatorio. Temió que si su madre la descubría esperándola se sentiría autoriza-
da para acecharla en sus tardanzas.

Eva encendió la luz y miró de nuevo la
maleta que tanto le recordaba a su padre. El pensamiento aumentó su incomodidad y para alige-
rarla botó los zapatos a mitad del pasillo. Sentir
los mosaicos helados le produjo una sensación de
libertad que se desvaneció apenas imaginó lo
que su madre le diría si la encontraba descalza:
"No hagas eso. Te vas a enfermar. Espera a que te
traiga tus chanclas".

Satisfecha de su insubordinación, Eva se
dirigió a la cocina y se inclinó sobre las ollas puestas
en la estufa. Relacionó el mueble con su madre.
Inquieta, regresó al pasillo y con los zapatos en la
mano corrió a la casa de la vecina en busca de in-
formes. "Doña Elvira salió hace rato, ¿que no te
dejó recado de a dónde iba?" Eva se reprochó el
no haber considerado esa posibilidad y regresó a
su casa, segura de que en alguna parte encontraría uno de aquellos recaditos con que su madre lo
salpicaba todo: "Fui con el sastre a recoger tu
ropa...", "Estoy en la casa de doña Elsa. Vuelvo a
las siete".

La noche del 12 de noviembre de 1973 Eva
no encontró ningún mensaje. Y así lo dijo en los
otros terrenos de su búsqueda: la iglesia, la pana-
dería, la farmacia, donde le aconsejaron que ha-

blara a las "cruces" y fuera corriendo a la delegación. Allí la sometieron a un interrogatorio que concluyó con una pregunta molesta: "¿Ha notado si se le olvidan las cosas? Mire, muchas veces las personas de edad sufren amnesia momentánea". Después le pidieron hacer un retrato hablado de doña Elvira en vista de que no llevaba en la bolsa una fotografía de su madre.

La secretaria encargada de atenderla se mostró muy sorprendida de que *una hija* —"Me comentó que es huérfana de padre, ¿verdad?"— no llevara consigo una foto de su madre; pero aun así apuntó los datos que Eva proporcionó entre dudas y contradicciones: "No estoy segura de cuánto mide, pero es mucho más bajita que yo...", "Tez morena, ojos verdes... No, cafés pero claros...".

Por gentileza del oficial de guardia, Eva regresó en una patrulla a su casa. Entró gritando: "¿Mamá? ¡Mamá!". No obtuvo respuesta. Vio la maleta y comprendió que allí podía estar la clave de todo. En cuanto la abrió reconoció sus vestidos de niña. Su madre los guardaba celosamente, igual que las anécdotas relacionadas con cada uno de ellos. Eva sintió remordimiento al recordar las muchas veces que había frenado los intentos de su madre por revivir la época feliz en que aún no era viuda y podía llamar *mi adoradísima nena* a su única hija. Eva cerró la maleta y orientó su búsqueda hacia otros objetos.

Muchos días después, cuando la copia del único retrato de su madre ya estaba reproducida en estaciones y terminales, Eva se preguntó en qué momento había dejado de llamarla *mi adoradísima niña*. La respuesta fue inmediata: desde que ella misma se lo había prohibido sin explicarle el motivo secreto. Su padre la había llamado *adoradísima niña* poco antes de morir a consecuencia de un accidente carretero: "No llores, adoradísima niña, pronto estaré bien, no te preocupes". Cuando Eva vio expirar a su padre se sintió traicionada y luego fue presa de la superstición: temía que si su madre pronunciaba la frase también ella iba a morir, a abandonarla.

Eva quedó huérfana de padre a los once años. Desde entonces nunca habló con su madre de sus recuerdos y menos del miedo que la asaltaba cuando la oía decirle *mi adoradísima hija, mi nena linda*. De niña era tanto su temor que se cubría los oídos para exorcizar los peligros imaginarios. Luego el recurso fue insuficiente. Ya grande, el día en que se volvió el único sustento de su madre, compró con su primer sueldo el derecho a prohibir: "Mamá, no me digas así, no me gusta. Me llamo Eva. Tú me elegiste el nombre". A ése siguieron otros mandatos y al fin todos juntos fueron interpretados por doña Elvira como evidencias de un desamor que no logró entender, ni siquiera cuando decidió escribir la carta de despedida.

Eva la encontró, oculta entre sus ropas infantiles, mucho tiempo después de que se desvanecieron las esperanzas de localizar a su madre. *El hecho de ser mi hija no te obliga a quererme. Hasta hoy supe comprenderlo y también que mi inmenso amor por ti no justifica mi cobardía para aceptar las cosas como son. Las sabes tan bien como yo, pero de todas formas creo que debo explicarte algunas para que no sientas responsabilidad ni culpa.*

Han pasado veinticinco años desde que Eva comenzó a leer la carta escrita por su madre el día de su desaparición y aún no llega a la última línea. Se lo impide el temor de retroceder en el tiempo, de reconocerse imposibilitada para modificar ciertas escenas, ciertos momentos, sobre todo aquél en que pudo haberle explicado a doña Elvira por qué temía que la llamara *adoradísima hija*.

La dueña del mar

Claudia se apoya en la puerta y se queda escuchando el motor del automóvil que se aleja. Cuando al fin se desvanece por completo, ella lanza un gemido breve. Luego sonríe y se golpea la frente mientras repite: "Vieja tonta, vieja tonta, vieja tonta".

Apenas tiene tiempo de hacerse a un lado para evitar el golpe de la puerta que abre el nuevo vecino. Su saludo se confunde con la disculpa que ella murmura: "Perdón". Él dice: "No, al contrario", y se apresura a subir la escalera. Su mujer sale a recibirlo:

–¿Con quién hablabas?

–¿Yo? Con nadie —luego todo es silencio otra vez.

Claudia suspira aliviada. Se quita los zapatos y camina zigzagueando por el corredor. Ver la puerta amarilla de su departamento recrudece aquella sensación de abandono que la agobia desde que Ricardo se despidió, sin aclararle si se verían mañana o cuándo. Claudia oye pasos en la escalera. La idea de responder al saludo de otro vecino le repugna. Para escapar, abre su bolsa y mete la mano en busca de las llaves.

No las encuentra entre el cúmulo de objetos que guarda. Piensa que tal vez las haya dejado en el coche de Ricardo. De ser así tendría un magnífico pretexto para llamarlo a su celular. Estudia lo que dirá: "Mi amor, siento molestarte pero ¿qué crees? Olvidé mi llavero en el asiento. Me lo traes, porfa". Antes de que pueda imaginarse la contestación de Ricardo, sus dedos tropiezan con el llavero: "Recuerdo de Veracruz".

"Cierra los ojos. No los abras hasta que yo te diga. Quiero ver tu carita cuando conozcas el mar." Ésa fue la primera frase que Ricardo pronunció el día en que llegaron a Veracruz. Claudia la repite con devoción. En prueba de fidelidad agrega la fecha: "sábado 11 de marzo".

Seis meses la separan de aquel día y aún cree sentir en los párpados la mano tibia con que Ricardo le mantuvo cerrados los ojos hasta que consideró oportuno que viera la maravilla: "Allí tienes *tu* mar. Te lo regalo. Es todo tuyo". Claudia aspiró una bocanada de aire salado y se arrojó a los brazos de Ricardo. Permanecieron en silencio, envueltos por el rumor del oleaje nocturno. Al fin él le recordó que los esperaba un cuarto con una cama de la que no tendrían que levantarse precipitadamente: "Es nuestra noche". "La primera de lo que nos resta de vida", dijo ella y corrió hacia el automóvil.

En el hotel Claudia le confesó que nunca antes había sido tan feliz. Él le acarició la cabellera enredada, húmeda, y le preguntó: "¿No tienes hambre?". No era la frase que ella esperaba oír pero sonrió. Ricardo abandonó la cama de un salto: "Son las nueve. Vamos a cenar". Claudia se incorporó, complacida de saber que la luz que entraba por la ventana caía sobre su pecho desnudo: "¿Y por qué no pedimos que nos traigan algo al cuarto?". Desde el baño escuchó la voz de Ricardo asordinada por el rumor de la regadera: "Estamos en Veracruz. Hay que ir a los portales. Te gustarán. Los fines de semana el ambiente se pone buenísimo".

Claudia se dejó caer en la almohada, inquieta por la tentación de preguntarle a Ricardo cuántas veces había estado en Veracruz y con quién. Sus temores desaparecieron cuando oyó una orden provocativa: "Ven, el agua está riquísima, además quiero bañarte". Antes de obedecer Claudia se detuvo frente al tocador. Se miró las ojeras profundas. "¿Qué esperas, muñeca? ¡Ven!"

Eran las once cuando bajaron a los portales. Se escuchaba música de arpa y guitarra, tal como Claudia había soñado que ocurriría cuando Ricardo empezó a seducirla con la idea de que huyeran a Veracruz. Para esas fechas sus hijos, Carlos y Berta, ya se habían ido a vivir con su abuela materna para escapar de sus constantes pleitos con José, quien a su vez estaba a punto de refugiarse con un matrimonio amigo solidarizado con él.

El mesero les asignó una mesa central, bien iluminada. Ricardo lo consideró una gentileza. "Cree que somos recién casados." Luego la besó en los labios con tal apasionamiento que un grupo de turistas, achispadas por los muppets y las cervezas, aplaudieron. Claudia se sintió cohibida. Ricardo, en cambio, se entusiasmó y levantó su cuba en dirección a las muchachas: "This is our honeymoon. We are very, very happy". Las extranjeras soltaron una carcajada y cuchichearon. "¿Qué dirán?", preguntó Claudia. "Lo único que pueden decir: que eres la más linda de todas. Vente, vamos a bailar."

Durante unos minutos atraparon la atención de las turistas, luego otras parejas se les unieron en el baile. Una vendedora de gardenias apareció y Ricardo tuvo la ocurrencia de comprarle todos los ramilletes para obsequiárselos a las turistas. Claudia desconfió de esa galantería. Se sobrepuso para no ensombrecer su felicidad, pero enseguida la enturbió el eco de la sentencia pronunciada por José, su marido, antes de abandonar la casa: "Óyeme bien: en la primera esquina donde ese tipo encuentre a otra estúpida que le dé todo lo que tú le das, te mandará al diablo". Ella lo insultó. Él insistió en enfrentarla con la realidad: "Piensa en lo que estás haciendo. Tienes treinta y siete años, y el padrote ese veintitrés. Eso ¿no te dice nada?". Ella se mantuvo firme: "Sí: que tengo derecho a vivir mi vida. No quiero morirme sin conocer la pasión". José se dirigió a la puerta y antes de salir preguntó: "¿Por cuánto tiempo?".

La voz de Ricardo la rescató del mal recuerdo: "Mi amor, te me estás quedando dormidita en el hombro". Claudia intentó justificarse: "No. Cerré los ojos porque no quiero que nada me distraiga de nuestra felicidad. Ojalá dure para siempre". Ricardo cambió de tono: "Todas las mujeres dicen lo mismo: *para siempre. ¿Que no se saben otra?*". Al ver la expresión de Claudia volvió a sonreír: "No pongas esa cara, no creas que he conocido a tantas. Además, aunque así hubiera sido, sabes que eres la única. No hay otra dueña del mar". De regreso al hotel, Ricardo insistió en comprarle un llavero: "Recuerdo de Veracruz".

Hoy, seis meses después de aquella noche, Claudia sabe que ese objeto, convertido para ella en un talismán, es cuanto resta de sus días felices. Los demás se han convertido en una cacería de miradas, gestos, actitudes. Todo inútil: jamás logra saber si Ricardo la ama ni llega a convencerlo de que acepte su ofrecimiento: "Vente a vivir conmigo". La respuesta es siempre la misma, sólo varía el tono, cada vez más irritado, con que Ricardo la pronuncia: "No soy hombre de casa, no nací para Gutierritos, quiero mi libertad".

Esta misma noche, a la hora de cenar, otra vez abordaron el tema. Ricardo se defendió con el argumento de siempre. Claudia no pudo contenerse: "Pero qué tiene que ver eso con que vivamos juntos. Si te lo pido es porque deseo que compartamos la vida entera. No hay nada que me importe más. Por eso dejé a mi marido y a mis hijos". El comentario de Ricardo fue lacónico y brutal: "Ni creas que vas a chantajearme. Ésa no es mi bronca. Mesero, la cuenta por favor".

En el trayecto Claudia se volvió seductora. Él aceptó sus caricias pero en cuanto llegaron a la casa miró su reloj: "Es bien tarde y todavía tengo que ver a unos cuates". Ella no pudo evitar una sonrisa amarga. Él fingió no advertirla, abrió la portezuela y arrancó apenas vio a Claudia meterse en el edificio.

Claudia entra en su departamento. No enciende la luz: sabe que no soportará verlo vacío. Compara esta sensación con la que experimentaba cuando empezó su romance con Ricardo. Entonces la enfurecía lo contrario: encontrarse allí con su familia "Carlos, Berta, José". Sabe dónde están todos y sin embargo, no puede reunirse con ellos ni hablarles por teléfono.

En la penumbra Claudia se acerca al mueble donde se halla el aparato de sonido. Le gustaría destruirlo pero frena su impulso: aún tiene esperanza. Se desploma en el sillón, apoya la cabeza en el respaldo y se cubre los ojos con las manos mientras repite: "No los abras hasta que yo te diga. Quiero ver tu carita cuando conozcas el mar".

El maestro Julio

La lluvia cesó tan pronto como había aparecido. En el microbús el aire se volvió irrespirable. Un pasajero repudió los cambios climáticos provocados, según él, por "las bombas y la inconsciencia". Lo que prometía ser principio de sermón se ahogó en la música tropical que sintonizó el chofer. El frustrado predicador cayó en la somnolencia. Era inquietante ver aquel cuerpo, sin voluntad y sin mando, agitarse al ritmo de las maniobras con que el conductor pretendía ganarle pasaje a otros choferes de la ruta.

Conforme avanzábamos por el Eje Central la sinfonía de cláxones y motores se volvió ensordecedora. Un sol muy triste bañó los edificios subdivididos en consultorios donde se curan acné, gingivitis, obesidad, impotencia, esterilidad, hemorroides, pie plano, entre otras miserias. Traté de imaginarme el ambiente de esos locales. El solo intento me hizo sentir privilegiado porque al menos yo no estaba allá, en aquellos cubículos, respondiendo preguntas incómodas.

Absorto en esas reflexiones apenas noté que en el microbús quedábamos pocos viajeros. Ocupaban el asiento de atrás dos mujeres. La que iba junto a la ventanilla comentó nostálgica: "Mira: el cine Teresa. Te acuerdas qué bonito, lástima que ya no podamos venir porque sólo dan películas de sexo. Oye nada más...". En tono más bajo, leyó en la marquesina los títulos de las cintas en exhibición: *Perras ardientes*, *Mimí la insaciable*, *Los placeres de Calígula*.

La acompañante se mostró muy escandalizada: "Una se explica que los jóvenes, por curiosidad natural, entren a ver esas porquerías; pero la verdad, no entiendo que hombres grandes, hechos y derechos, lo hagan". Su amiga intervino de inmediato: "Yo sí. ¿Sabes por qué lo hacen? Porque todos son unos viciosos y degenerados. Te aseguro que los carcamanes entran a estos cines nada más a pervertir muchachitos".

Los comentarios de las desconocidas me irritaron —en ese momento no entendí el motivo— y me volví a mirarlas con severidad. Mi gesto las cohibió y durante un buen rato permanecieron en silencio. Sin las voces de las mujeres dentro del microbús se escuchaban mucho más claros fragmentos del vocerío callejero formado de saludos, insultos, pregones. Uno me atrapó: "Italianas y de moda; a dos por cuarenta y cinco. Aproveche". Sentí curiosidad por ver las corbatas en oferta, pero sólo alcancé a mirar la espalda de su vendedor que, enfundado en unos pantalones excesivamente estrechos, corría entre las filas de automóviles repitiendo su pregón: "Italianas y de moda...". Me pregunté si ese hombre asistiría a las funciones matutinas del Teresa.

No llegué a darme una respuesta porque me lo impidió la voz de la mujer que iba junto a la ventanilla: "Dicen que van a convertir en salas de arte todos los cines para adultos". Su amiga lo celebró: "Qué bueno. Así tendremos una juventud menos viciosa y los viejos desviados ya no podrán hacer sus porquerías". En ese momento comprendí que las generalizaciones de las dos mujeres acerca de los asiduos al cine Teresa me habían molestado porque, sin ellas saberlo, involucraban a uno de los mejores hombres que he conocido en mi vida: el maestro Julio.

Cerré los ojos y recordé el último encuentro con mi profesor. Había ocurrido años atrás. Una mañana que salí de compras crucé frente al cine Teresa y sentí curiosidad por mirar las imágenes exhibidas en las vitrinas. Me detuve frente a una justo cuando salía de la función un grupo de espectadores, entre los que se encontraba mi maestro Julio. Imposible no reconocerlo con su sombrero de fieltro y su abrigo palmeado, en pleno mayo.

No supe qué hacer y permanecí inmóvil con la esperanza de pasar inadvertido para mi profesor que, en efecto, pasó de largo hasta la parada de los trolebuses. Verlo de lejos me recordó la antigua promesa de visitarlo y me pareció que era el momento de cumplirla fingiendo un encuentro callejero.

Caminé en dirección a mi profesor y me detuve sonriendo frente a él. Primero me miró con desconfianza, como si temiera que fuera a hacerle daño; pero después de un breve parpadeo me devolvió la sonrisa y pronunció mi nombre como si nos encontráramos en el salón de clase: "Rojas Martínez Pablo: ¿qué andas haciendo?". Le dije la verdad y él enseguida desvió la conversación: "Mi casa no está lejos: creo que me iré a pie". No tuve que ofrecerme para acompañarlo: el maestro me tomó del brazo y se echó a caminar.

Mientras avanzábamos abriéndonos paso entre los comerciantes, el maestro Julio se apresuró a decirme que si lo había encontrado *allí* era porque llevaba horas esperando el trolebús. "Qué bueno, porque así tuve el gusto de encontrármelo", dije. Él me reprochó que nunca hubiera cumplido la antigua promesa de visitarlo. Me justifiqué con vaguedades que mi maestro no escuchó porque enseguida comenzó a hablarme de su novela.

No me sorprendió. Todos los que en tercero de secundaria fuimos alumnos del maestro Julio conocíamos su proyecto de escribirla y estábamos familiarizados con ambientes, personajes y aun con los problemas estilísticos y éticos que el profesor estaba decidido a enfrentar en el momento en que al fin empezara su trabajo.

El día de nuestro encuentro supuse que, a esas alturas, tendría muy avanzada su obra y le pregunté a don Julio en qué capítulo de su novela se ocupaba. El hombre se detuvo y me agarró de la solapa a fin de tenerme bien cerca: "Todos, absolutamente todos están terminados *aquí dentro*", respondió mientras se golpeada la sien con tal vigor que estuvo a punto de arrancarse el sombrero.

Al dar vuelta en la esquina vi una cafetería. "¿Entramos?" Mi maestro se resistió: "El servicio es pésimo. Mi casa está muy cerca y hago buen café: espumoso y caliente". No sé por qué, la frase me resultó incómoda.

Jamás olvidaré mi impresión cuando entré en la casa del maestro Julio. Atestada de libros y revistas, en el aire se mezclaban olores a papel, tabaco y orines de gato. Desde la cocina, mi anfitrión gritó: "Con todo y que esto es muy reducido, a veces me siento solo. Nunca me resignaré a la muerte de *mi señora*, y menos desde que también murió *Petronio*. Era un gato precioso: me lo envenenaron los vecinos". Sentí pena por tanta soledad y sugerí la compañía de un perro. "Aquí no hay lugar dónde meterlo y, además, esos animales son muy exigentes: por lo menos hay que sacarlos una vez al día para que *hagan sus cosas*. Sé que me quedan pocos años de vida y no voy a gastarlos cumplimentando canes."

Cuando el profesor me entregó la taza de café me disculpé por quitarle el tiempo. Creo que tuvo miedo de que me fuera porque se puso de espaldas contra la puerta: "Tú no me quitas nada, al contrario, me das. Imagínate que podrías estar en cualquier parte y no aquí, oyendo a un viejo loco obsesionado con su novela. ¿Te dije que la tengo toda aquí?". Insistió, golpeándose la frente otra vez.

Hice la pregunta lógica: "¿Por qué no la escribe?". Según la forma en que el maestro Julio me miró comprendí que había calado en un punto vulnerable: "Porque aún no soluciono el dilema de los epígrafes". No oculté mi desconcierto y mi antiguo profesor se aprestó a desvanecerlo. "El Quijote, para irse por el mundo, necesitó que lo armaran caballero. Lo mismo sucede con una novela: tiene que acompañarla en su salida un epígrafe que concentre la sabiduría de *otro grande* de la literatura. Elegir ese texto no es nada fácil." Para demostrármelo, el maestro Julio me llevó al cuartito contiguo. Del techo al piso estaba repleto de legajos. Mi anfitrión eligió uno al azar: "Aquí están todos los epígrafes que abordan el tema de la amistad... Los demás se refieren al amor, los celos, la muerte, el deseo... Llevo años leyendo, investigando y nada me satisface...".

El reloj de la parroquia cercana sonó dos campanadas. Aproveché para despedirme: "Me disculpa, debo irme. Ojalá que la próxima vez que nos veamos...". Mientras iba escaleras abajo le juré a mi profesor que pronto iba a volver a visitarlo. No sólo traicioné mi promesa: no había vuelto a pensar en el maestro Julio hasta hoy, cuando pasé frente al cine Teresa. Si lo demuelen, si lo transforman, ¿dónde naufragará con su soledad mi viejo y queridísimo profesor?

No me olvides

Vaya donde vaya nunca falta alguien que diga: "Jamás me alcanza el tiempo para nada. Ojalá que los días tuvieran treinta horas". Me da risa imaginar las deducciones de esas personas si supieran que de niña yo anhelaba lo contrario: quitarle dos horas a cada día, lograr que se borraran los minutos que van de las cuatro a las seis de la tarde.

Para hacerme las ilusiones de que conseguía mi absurdo anhelo desplegué toda clase de estrategias: desde improvisar, ayudada por sábanas y cobijas, una noche mínima, hasta poner la carátula del reloj contra la pared. También utilicé otros métodos en los que sometí a prueba mi resistencia física y mi capacidad de concentrarme.

Debe de haber sido muy inquietante para la señorita Mireles fingir indiferencia cuando me encontraba sentada frente al reloj del pasillo. Se habría alarmado si le hubiera dicho que mi propósito era hipnotizar al artefacto para que sus manecillas saltaran de las cuatro a las seis, como un caballo que supera el abismo entre dos franjas de terreno. La señorita Mireles fue menos pasiva ante la más radical de mis estrategias: abrir el reloj del dormitorio y reventarle la cuerda. Practiqué el método sólo una vez. Desistí ante la amenaza de que me enviaran a otro internado. En tal caso no me quedaría siquiera el consuelo de recorrer los salones y el patio donde estuvimos Abigaíl y yo.

Fue mi mejor amiga en el internado. Dos coincidencias nos hermanaron: teníamos un año tres meses cuando nos llevaron a vivir a La Esperanza y ambas éramos huérfanas de padre y madre. Muchas veces, mientras hacíamos algún trabajo doméstico, nos ayudábamos para rastrear en la memoria algún resquicio que nos permitiera entrever cómo habrían sido los primeros meses de nuestra vida. Los intentos inútiles se convirtieron en el estímulo que nos lanzó a construir un pasado. Si no era común, al menos, gracias a nuestra imaginación, coincidía en algunos puntos.

Nuestra labor comenzó el día en que cumplimos siete años. Era domingo. Como en todos los aniversarios, la señorita Mireles ordenó a nuestras compañeras mantenernos lejos del comedor a fin de que la celebración fuera una sorpresa. Mi amiga y yo fingimos el asombro de todas las festejadas al ver sobre la mesa el invariable pastel cubierto de betún blanco y salpicado de diminutos nomeolvides.

Ya que era día festivo nos autorizaron para quedarnos de cuatro a seis en el patio. Aquella tarde mi amiga me hizo una pregunta extraña: "¿No crees que tú y yo nos conocíamos desde antes de que nos trajeran aquí?". La idea me gustó pero no supe qué decir. En cambio Abigaíl entró de lleno en el mundo de las posibilidades: "¿Quién dice que tu madre y la mía no nos llevaban a pasear al mismo jardín; es más, a lo mejor hasta nacimos en la misma maternidad".

Jardín y *maternidad* fueron las dos palabras claves para que construyéramos una vida ficticia donde no cabían la pobreza ni la orfandad. Entre las dos hicimos el diseño de nuestras casas y el retrato imaginario de nuestros padres. Les conferimos rasgos precisos para diferenciarlos. Por ejemplo, a su madre le puse un mechón blanco y un lunarcito en la barbilla. En el invento desde luego influyeron las películas que habíamos visto en el cine de la parroquia: *Mujercitas, Una gran dama, El valle de la abnegación, Brigadoon* y *Tres monedas en la fuente.*

La ficción se convirtió en refugio contra los momentos en que nos sentíamos amenazadas; es decir, cuando alguna de nuestras compañeras se despedía y se iba a vivir con la pareja que encontraba en ella a la hija ideal. Para quienes nos quedábamos en La Esperanza aquellos domingos eran muy tristes porque nos devolvían la noción de abandono. A Abigaíl y a mí nos recordaban la posibilidad de que una de las dos fuese tomada en adopción. En tal caso ¿qué sería de la otra?

Jamás nos planteamos la pregunta. Para desvanecerla, lo sé ahora, en los domingos infernales nos obstinábamos más que nunca en darle visos de realismo a nuestra vida imaginaria y fingíamos desde reuniones, *en su casa o en la mía*, hasta paseos en las que ambas íbamos custodiadas por *mamá* y *papá*. No construimos hermanos ni abuelos. Éramos únicamente nosotras, crecíamos al mismo ritmo y nos parecíamos cada vez más. Llegamos a imaginarnos idénticas pese a que en la realidad éramos todo lo contrario: Abigaíl, blanca y de cabello claro, yo morena con pelo de un castaño deslavado.

❧

Pensar en esto me remite a la única experiencia realmente dolorosa que teníamos en el asilo: la separación de la compañera que iba a formar parte de una familia. Había momentos peores que el de la despedida: aquellos en que la señorita Mireles nos ordenaba arreglarnos porque íbamos a tener una entrevista con los interesados.

Todas nos presentábamos en el auditorio en que nos esperaba la pareja ansiosa de encontrar entre nosotras a la hija que ya no estaba o jamás había nacido. Mi amiga y yo nos sentíamos a salvo de ser elegidas porque los matrimonios deseaban niñas menores que nosotras. De todas formas *nos agrandábamos* adoptando gestos poco amables.

❧

Abigaíl y yo íbamos a cumplir nueve años cuando se presentó en La Esperanza un matrimonio interesado en adoptarla. Veían en ella la copia de la hija fallecida tiempo atrás, según explicó la señora Méndez con lágrimas en los ojos. Después le preguntó a Abigaíl si le gustaría irse a vivir con ella y con su esposo. Respondió contundente: "No", y se aferró a mi mano.

El gesto era una explicación clara de su rechazo, pero la señora Méndez lo vio como otro medio para conquistar a Abigaíl: "En las vacaciones tu amiguita podría ir a visitarte a Veracruz".

En aquel proyecto vi la copia de otro imaginado por nosotras. Eso me inquietó mucho menos que advertir en la señora Méndez un mechoncito blanco y un lunar en la barbilla. Recé porque Abigaíl no lo hubiera notado. Comprendí mi error cuando, antes de dormirnos, me dijo: "*Mamá* prometió que en las vacaciones irías a Veracruz". Esa noche algo oscuro perturbó mi sueño.

❖

Los trámites de adopción se prolongaron varias semanas. Durante las primeras Abigaíl y yo nos aferramos a nuestra vida imaginaria. No aludimos a *los papás y las mamás*. Reconstruimos las casas y redecoramos los cuartos. En su dormitorio puse el óleo de un paisaje marino. Cuando se lo describí, Abigaíl insistió en que lo borrara. Protesté ante lo que me parecía un desaire y mi amiga accedió con los ojos cerrados: "No te enojes, el cuadro se *ve* muy bonito. Déjalo allí".

Después de aquel día evitamos aludir a nuestra vida imaginaria: se fue velando ante la luz de su próxima partida. Ocurrió precisamente el domingo de nuestro cumpleaños. Tuvimos una celebración en la que participaron los padres adoptivos de Abigaíl. Lo demás fue igual, incluidos el pastel blanco adornado de diminutos nomeolvides y las bromas a las puertas de La Esperanza. Allí, mi amiga suplicó: "Acuérdate de mí", y prometió que me escribiría desde Veracruz.

Sin contestarle volví al comedor. En la mesa descubrí el plato donde Abigaíl había dejado un trozo de pastel. Lo comí sin disfrutarlo. Luego salí al patio, decidida a esconderme en mi casa imaginaria. No logré reconstruirla y quedé sola ante mi realidad. En ella reapareció Abigaíl por última vez la tarde en que, a las cuatro, nos avisaron de su muerte en el mar cuando sus padres adoptivos la llevaron a conocer la playa de Veracruz.

Rumbo al norte

De todos mis tíos prefiero a Fermín. Es el más chico de los hermanos de mi papá y también el único que sigue viviendo aquí. Trabaja en la planta lechera, junto a la autopista. Sólo descansa los domingos. Cuando era novio de Carmen venía a visitarnos cada tres o cuatro semanas; desde que se pelearon lo hace todos los domingos, aunque sea tarde. Mi mamá le dice: "Se me figura que usté viene nomás por la camioneta". Él se pone colorado y le responde: "Ay, Julita...". Luego se va al corral.

Allí metió mi papá la camioneta desde que la trajo de Estados Unidos, no me acuerdo de dónde. La primera vez que él se fue para trabajar allá yo tenía cinco años y mi hermano Gabino tres. Cuando pasé a tercero y el Gaby entró a la escuela mi jefe llegó de sorpresa. Era sábado. Íbamos a jugar futbolito cuando mi hermano me dijo: "El señor que está en aquella camioneta nos está haciendo señas. Vamos a ver". Nos acercamos. Era mi padre. Aunque llevaba años lejos lo reconocí enseguida. Gabino se tardó más en darse cuenta de que era nuestro papá. "Trépense muchachos, vámonos para la casa."

Antes de llegar mi padre propuso que le diéramos una sorpresa a mi mamá: "Se bajan y le dicen que ahí la busca un señor". Obedecimos. Mi madre salió secándose las manos en el delantal y muy molesta de que hubiéramos hablado con un desconocido. Cuando vio a mi jefe por poquito y se desmaya, y más cuando él le explicó que la camioneta era nuestra. Con todo y que estaba bien sucia nos pareció preciosa.

Mi papá nos entregó nuestros regalos. "¿Mando llamar a mi suegra? Ya sabes cómo es de sentilona. Si se entera por otra persona de que estás aquí la agarrará conmigo. De por sí no me quiere nada...", le dijo mi mamá. Él respondió que no, que luego, y nos ordenó que fuéramos a cuidarle su camioneta: "Pueden subirse, pero no vayan a tocarle nada". En mirarla y no permitir que los vecinos se le acercaran mucho se nos pasó el tiempo. Oscurecía cuando quisimos entrar en la casa. Encontramos la puerta cerrada pero alcanzamos a oír que mi mamá lloraba.

A la hora de la cena supimos por qué: mi papá iba a regresarse a Estados Unidos. "Nos vas a dejar solitos de nuevo", le reclamé. "No, qué va. Aquí tienen a su abuela y a mi hermano Fermín, que es como si fuera yo. Por cierto, ¿cada cuándo vienen a visitarlos?" Le dijimos que mi abuelita casi nunca —estaba sentida con mi mamá porque, según ella, no había impedido que mi papá se fuera— pero que el tío Fermín pasaba a vernos los domingos en la tardecita. "Entonces ¿cuándo ve a la novia?" Mi mamá lo puso al tanto: "Se disgustaron. Creo que ya ni se hablan".

El domingo en la mañana le pedimos a mi papá que nos diera una vuelta en la camioneta. "Voy a llevarlos a casa de su abuela." Cuando ella lo vio se soltó llorando. Tuvimos que batallar mucho para convencerla de que se viniera a nuestra casa un rato. "No puedo. Fermín se quedó en la planta, a cubrir el turno de Ladislao, y si no me ve se mortificará." Mi padre solucionó el problema aconsejándole que le escribiera un recadito: "Fui a visitar a mis nietos. Vete para la casa de Julia". Entonces ya pudimos subirnos a la camioneta.

Mi abuela se sentó junto a mi papá y mi hermano y yo viajamos en la parte de atrás. Todo el mundo nos veía. Cuando llegamos a la casa ya estaban allí nuestros vecinos. Unos, llevaron barbacoa; otros, refrescos y cervezas. Comimos en el corral. En otra parte no habríamos cabido tantos y además allí podíamos seguir viendo la camioneta.

Cipriano, el compadre de mi papá, llegó muy tarde. "¿Están contentos de que su padre haya vuelto?" Le respondimos que sí y le contamos que por la mañana nos había llevado a pasear en la camioneta. Él se puso serio y le recomendó a mi jefe esperarse hasta la noche para volver a sacarla: "Pueden verte los de la Federal". Mi papá se alebrestó: "¿Y qué? No me la robé. La compré con mi dinero. Ahí traigo los papeles".

Leobardo, el dueño de la fonda Los Amigos le recordó que, mientras no se legalizara la entrada de camionetas como la nuestra, podían quitársela. Mi papá se enfureció y gritó que no era justo. Su compadre lo calmó: "La cosa tiene que arreglarse. No eres tú el único en esta situación. Pero por mientras deja aquí la camioneta. Bien tapada con una lona no se le amolará la pintura". Mi jefe se puso a mentar madres.

En eso mi abuelita salió de la cocina. Aplacó a mi papá y aprovechó para tirarle una indirecta a mi mamá: "No te enojes, Heladio. Sabías cómo estaban las cosas, pero de todos modos compraste la camioneta: dinero tirado a la calle. Nada de esto hubiera sucedido si *tu familia* no hubiera dejado que te fueras al norte". Mi mamá no se aguantó: "Usté disculpará, doña Eulalia, pero su hijo ya está grande y no se le pueden prohibir las cosas como a un niño. Si fuera así, ¿usté cree que lo dejaría irse de nuevo? Ándale, Heladio, dile que dentro de una semana te vuelves a Estados Unidos".

La cosa iba para pleito cuando mi prima Amparo entró a toda prisa: "Ahí viene corriendo Fermín". Entró bien nervioso: "¿Qué sucedió? ¿Por qué se vino mi mamá para acá?". No tuvimos que responderle porque mi papá se adelantó para darle un abrazo. Mi mamá se fue a la cocina para traerle un plato de barbacoa. Fermín ni la probó: sólo tenía ojos para la camioneta.

Como a las once de la noche mi hermano y yo nos llevamos a dormir a mi abuelita. Para esas horas los vecinos ya se habían ido. Mis papás se quedaron platicando con Fermín. Me dormí pero al rato me despertó el motor de la camioneta. Me asomé por la ventana. Vi a mi mamá sentada frente al volante, como si fuera a manejar, mientras que mi papá y mi tío daban vueltas, tomándose una cerveza.

Cuando se la terminaron Fermín dijo que ya se iba, pero no quería despertar a esas horas a mi abuela. "Pues quédate a dormir aquí", le propuso mi mamá. Mi tío no aceptó. "Entonces Julita y yo te llevamos en la camioneta. Estoy bien, puedo manejar", le dijo mi papá. Fermín respondió que prefería irse caminando a ver si se le bajaba la cerveza: "Porque al rato entro a la chamba".

Se abrazaron. Mi papá estaba bien emocionado cuando se despidió por última vez de su hermano: "Oye, chaval, ya no alcanzo a verte de nuevo porque tengo que irme el viernes. Acuérdate que te encargo a mi familia". Mi tío le contestó: "Sabes que cuentas conmigo. Vete tranquilo". Mi mamá no aguantó más y se puso a llorar. Mi jefe la abrazó: "Cálmate, chaparrita. Es cosa de poco tiempo para que yo regrese". "Y si no vuelves: ¿qué será de tus hijos, qué será de mi vida? ¿A poco no sabes que soy una mujer?"

Mi papá la abrazó de nuevo para que no siguiera diciendo cosas. Mi tío Fermín nomás daba vueltas y movía la cabeza. Entonces habló mi papá: "Si no vuelvo será porque ustedes se van para allá. Fermín, esta vez sí te voy a escribir. Cuando leas que te pongo en una carta: *agarra todo pa'l norte*, es que los estoy esperando con casa y con trabajo seguro para ti. ¿Qué me dices?". En vez de responder mi tío Fermín agarró camino.

Rápido se pasaron los meses. Mi padre no volvió ni ha vuelto. Dejó de escribirnos hace tiempo. Mi madre dice que lo hará cuando tenga alguna buena noticia que darnos. Todos sacamos nuestros pasaportes, por si acaso.

Mi tío Fermín sigue viniendo los domingos. A veces, come en el corral mientras limpia el motor o encera la camioneta. Luego él y mi mamá se meten allí y se ponen a oír el radio y a platicar. Gabino y yo jugamos en la parte de atrás, esperando a que se haga de noche porque a esas horas mi tío siempre nos pregunta si queremos que nos lleve a dar una vuelta. Le decimos que sí pero de todas formas él quiere saber si mi mamá está de acuerdo. Ella responde lo mismo: "Agarra al norte, siempre al norte", y se ríe, pero con mucha tristeza.

Son paseos muy bonitos porque mi tío Fermín toma por caminos alejados de la autopista —sabe que por allí nunca andan los de la Federal— y nos invita a cantar. Lo malo de esos domingos es que terminan. Mi tío guarda la camioneta en su lugar. Mi hermano Gabino, mi mamá y yo lo acompañamos hasta la primera curva. Allí deberíamos despedirnos pero Fermín dice que es peligroso dejarnos regresar solos y vuelve con nosotros a la casa. Entonces sí nos despedimos en serio. Antes de desaparecer en el camino mi tío nos grita: "Vengo el domingo para llevarlos a dar la vuelta". Mi mamá le contesta: "Al norte, Fer, siempre al norte", y se pone a llorar quedito.

EL VIAJE DE LOS MUERTOS

Fui la última en subir al autobús. Mientras caminaba por el pasillo rumbo a mi asiento advertí que todos los pasajeros llevaban manojos de flores envueltos en periódicos. Esa protección no impedía que de los ramos saliera un fuerte aroma. Me recordó el mes de mayo en la iglesia del Carmen y volvió a mí el eco de un himno religioso.

En cuanto llegamos a la carretera empecé a sentirme mareada. "¿Podemos abrir tantito la ventanilla?", le pregunté a mi vecina, sin mirarla. No escuché su respuesta. Un sudor frío me empapó la cara y la boca se me llenó con el regusto salado que anuncia el vómito. Apoyé la cabeza en el respaldo y cerré los ojos, segura de que eso bastaría para olvidarme de las flores, como si lo que me trastornaba fuera su vista y no su aroma. No mejoré.

Tambaleándome, chocando involuntariamente con los ramos que los pasajeros llevaban sobre las rodillas, pude llegar al sanitario. Volví a mi asiento, decidida a dormir el resto del camino, pero no logré conciliar el sueño. Me lo impedía el silencio.

Me extrañó. En otros viajes las conversaciones me habían mantenido despierta; para no hablar de los chillidos de los niños, causantes de horribles jaquecas. Me asomé hacia el pasillo y me sorprendió no ver por ninguna parte la clásica escena de la madre arrullando a su hijito o esforzándose por mantenerlo en su sitio.

❦

Los últimos rayos del sol entraban en diagonal por la ventanilla. "Estos autobuses deberían tener cortinitas, ¿no le parece?", le dije a mi vecina. Ella me sonrió muy cordial pero no dijo nada. Luego la vi aferrarse al atado de flores. Relacioné ese movimiento con el silencio y saqué mis conclusiones: "Es Día de Muertos. Todos van al cementerio de Las Cruces".

Desde luego, era también el objetivo de mi viaje. Llevaba muchos años sin visitar el pueblo. La última vez fui sólo para asistir a mi padre en sus últimas horas. Tuve un consuelo: saber que compartiría la fosa de mi madre. El resto de la familia descansaba también en ese cementerio. Me conmovió pensar que ni la muerte había modificado su costumbre de mantenerse unida.

Entre todos ellos fui la única que abandonó Las Cruces. Antes de irme hice un recorrido final por nuestra casa. Estaba llena de flores. Olían tan fuerte como las que llevaban mis compañeras de viaje. La relación involuntaria me sentó mal. Otra vez intenté conversar: "Lástima que no pueda verse el camino. Es muy bonito". Mi vecina emitió un sonido extraño, entre gemido y bostezo. Comprendí que debía resignarme al silencio.

Faltaban muchas horas de camino. Tenía tiempo para ordenar mis pensamientos. Uno me inquietaba: ¿cuántos edificios, además de mi casa, habrían desaparecido? Hice un inventario mental de los sitios importantes para mí. Pude reconstruir un jardín sombreado de pirules, la fachada mohosa de una iglesia, una barda cubierta de hiedra y la reja que circundaba el cementerio.

Mientras viví en Las Cruces lo visité muchas veces, según íbamos depositando en las fosas los restos mortales de nuestros familiares. Mi padre fue el último en llegar. Después de sepultarlo me sentí incapaz de volver a la casa vacía y del cementerio me fui a la estación. Me acompañó la prima del padre Flores. Valida de nuestra vieja amistad, la dejé al cuidado de la casa y de su venta posterior. Amigos que se enteraron de la gestión me lo reprocharon: "Debiste conservarla. Tendrías dónde irte a descansar".

Tal vez tuvieran razón, pero no me habría sentido capaz de permanecer ni un minuto en aquella casa enorme, llena de ecos y sombras de retratos. Por disposición de mi padre, todos fueron sepultados con sus modelos: "Cuando las familias se acaban las fotos andan rodando y al final terminan en algún basurero. Mejor que cada uno se vaya con sus fotografías".

Lamenté haber respetado esa tradición cada

vez que la soledad y la lejanía acentuaban mi ansia de ver, aunque fuese en imagen, a mis seres queridos. Por más que procuraba impedirlo, se iban borrando el color de sus ojos, su estatura, sus señas particulares, sus gestos. Al cabo de los años todo se olvidaba.

La única forma de frenar semejantes estragos consistía en asomarme al espejo. Enseguida encontraba en mi frente la de mi padre, en mis ojos los de mi madre, en mis labios los de mi abuela, en mi barbilla el mentón de mi hermana Carmen. Cuando era niña esa mezcla de facciones me molestaba. Me hubiera gustado que me dijeran: "Saliste igualita a tu mamá" o "Cómo te pareces a tu padre". Ya adulta me reconcilié con esa retacería y acabé por considerarla afortunada.

Interrumpió mi sueño un fuerte dolor de cabeza que atribuí al aroma de las flores, cada vez más intenso. Al despertar sentí que la oscuridad y el silencio se adensaban. De no haber sido porque desde mi lugar miraba la camisa blanca del conductor, habría supuesto que viajaba sola.

La terminal ocupaba el sitio de la antigua estación. Cuando bajé del autobús el chofer me sonrió. Sentí que continuaba observándome mientras caminaba por el andén. Allí se dispersaron mis compañeros de viaje sin que nadie se aproximara a brindarles ayuda o medios de transporte. Lo atribuí a que su único equipaje eran los ramos de flores que llevaban en brazos.

Del otro lado de la terminal vi una hilera de puestos raquíticos y más allá el jardín poblado de clavos y pirúes. Lo atravesé. El olor a tierra mojada me recordó las mañanas de domingo, cuando todos íbamos a la estación por el gusto de mirar el paso del tren.

Desayuné en una fondita. Los manteles de plástico floreado me remitieron a la mesa familiar. Le pregunté a la encargada si sabía las horas de visita al cementerio. La muchacha asentó la taza de café y me sonrió: "Todo el tiempo. Nunca lo cierran, ¿para qué? Nadie va y ni modo de que los muertitos quieran escaparse". Me quedé en la fonda más de una hora. Salí decidida a irme caminando hasta el panteón. Tenía tiempo de sobra para visitarlo y volver a la terminal antes de que partiera el autobús de las tres.

Ante la perspectiva de otra jornada pesadísima, recordé el comentario de Felipe: "¿Para qué te matas? Quédate un día en Las Cruces. Descansas un poco y a lo mejor encuentras conocidos". Renuncié a seguir el consejo de mi amigo cuando vi que del pueblo sólo quedaban las huellas que había protegido en mi memoria: el jardín, la fachada mohosa de la iglesia, una barda de adobes cubierta de hiedra y la reja del cementerio. Tal como había dicho la mesera, bastó empujarla para tener paso libre al camposanto.

Lo encontré igual a como lo había dejado en mi última visita. Desde lejos vi las tumbas de mis muertos sombreadas por un pirú inmenso. De sus ramas, siempre movidas por el viento, se desprendían esferas rojas que rodaban sobre las lápidas. Me aproximé y leí los nombres grabados en ellas, pero no pude reconstruir las caras de mis muertos. Como si alguien me lo ordenara, saqué mi polvera y me asomé al espejo. En mi frente encontré la de mi padre, en mis ojos los de mi madre, en mis labios los de mi abuela, en mi lunar el de mi tía Esperanza, en mi barbilla el mentón de mi hermana Carmen. Sentí pánico y huí a la terminal.

Al subir al autobús me sorprendió hallar al mismo chofer que me había conducido. En cuanto me senté cerró la puerta. "¿No espera otros pasajeros?" El hombre se volvió hacia mí: "¿Cuáles? De Las Cruces no sale nadie ni llega nadie. En mucho tiempo usted ha sido la única y, ya ve, anoche viajamos solos. Si yo fuera el dueño de la línea cancelaría la corrida a este pueblo muerto".

LA CANCIÓN DE LOS ELEFANTES

La luz de las veladoras tiembla y distorsiona las facciones de los cuatro amigos que rodean a Joel. Tendido en el suelo, cubierto por una tela incolora, se estremece y repite: "Para esto hay que ser muy machos". El sí unánime y confuso se quiebra en el murmullo suplicante de Zaira, única mujer del grupo. Ruega que llamen a una ambulancia, a un doctor, "a un padrecito".

Nadie le responde. Fabio le pasa el brazo por los hombros y le acerca a los labios una botella: "Llégale". Zaira se niega a beber y, mirando siempre a Joel, muerde el cuello del chaquetón que heredó de un compañero desaparecido. Al verla el Chapopote ríe y se frota el vientre. Se interrumpe cuando oye la voz del Gato: "Chale, siquiera de por mientras, compórtate".

Durante unos minutos los amigos de Joel permanecen en silencio, lo miran, procuran descifrar las palabras que salen de su boca. Zaira se arrodilla y ladea la cabeza para captar mejor lo que dice el agonizante. Al cabo de unos segundos afirma: "Quiere un médico. Hay que ir a la farmacia, a ver qué onda".

Zaira va a salir en busca de ayuda. Frena su impulso al ver que Joel levanta la mano para indicarle que se acerque. La joven consulta con la mirada al Caligari, el de mayor edad. Él se encoge de hombros. No es la primera vez que presencia una agonía y sabe que ya nada podrá impedir que Joel muera.

Zaira gatea sobre el piso desigual. Se detiene cuando su mano tropieza con la de su amigo. Joel sonríe y le pregunta: "¿Te sabes la canción de los elefantes? ¿No? Uh, pos ya valiste. Dile al Caligari que te la enseñe para que me la cantes. Ahorita no, luego. Ya falta poco".

El Caligari se levanta y va al otro extremo del baldío. Se detiene en el ángulo que forman los restos de dos muros y se pone en cuclillas. Tocado apenas por el reflejo de las veladoras, tiene el aspecto de un cazador al acecho. Tras unos segundos empieza a cantar: "Un elefante se columpiaba/sobre la tela de una araña./ Dos elefantes se columpiaban...".

Primero lo secunda Fabio, después el Chapopote y el Gato. Sus voces tiemblan como las llamas de las veladoras y van subiendo de tono "Diez elefantes se columpiaban/sobre la tela de una araña./ Como veían que resistía...". El grito de Zaira interrumpe la canción. Se hace el silencio. Poco después vuelve a oírse, enronquecida por la angustia, la voz del Caligari: "...fueron a llamar a un camarada".

Amanece. En el sitio que ocupaba Fabio quedó sólo el periódico que le servía de cama. El Gato y el Chapopote dormitan, apoyados uno en el otro para darse calor. Zaira deja de llorar y contempla horrorizada los pies de Joel: calzan sólo un zapato. Quedaron al descubierto cuando el Caligari jaló la tela para cubrir el rostro de su amigo. Fue un momento difícil. Fabio huyó, los muchachos se agitaron, Zaira preguntó histérica qué ocurría. La respuesta la dejó anonadada.

El llanto y el desvelo alteran la visión de Zaira. Cree ver agitarse la tela que le sirve de mortaja a Joel. Esperanzada, sonríe y se vuelve al Caligari: "Se movió. Respira". El muchacho toma la botella en que bebieron todos, la levanta, la observa al trasluz para cerciorarse de que está vacía y la arroja con furia. El estallido despierta al Chapopote: "¿Qué onda, qué pasó?". No espera la respuesta y vuelve a dormir.

El viento sacude las yerbas entre los escombros que atestan el baldío. El Caligari se estremece, se frota las manos, se quita la camiseta y cubre con ella los pies de Joel: "Para que no sienta el frijolito". Zaira sonríe, pero vuelve a ponerse adusta cuando oye que el Caligari canta otra vez: "Un elefante se columpiaba...". Enfurecida se lanza contra su amigo, que apenas logra esquivar el golpe: "Ya deja esa puta canción. ¿Estás pendejo o qué te pasa?".

Zaira se levanta y agita los puños en el aire

mientras les hace la misma pregunta al Gato y al Chapopote. Ellos la miran desconcertados y no intentan refrenar su arranque de ira. Al fin la muchacha cae de rodillas y se pone a golpear el suelo mientras repite: "No puede ser, no puede ser. Perros, somos peor que perros".

El Caligari va delante. Zaira lo sigue, arrastrando los pies. El Gato y el Chapopote caminan abrazados, sin devolver las miradas reprobatorias de las personas con que se cruzan camino al Puente de la Virgen. Es uno de sus refugios. Decidieron regresar allí mientras alguien descubre el cuerpo de Joel y lo envía, como ha sucedido con tantos otros que viven y mueren en la calle, a la fosa común.

Apenas llegan al puente, los cuatro amigos hurgan entre la basura amontonada junto a las columnas. El Caligari encuentra un pedazo de hule espuma y lo muestra a sus compañeros: "De haberlo tenido anoche, se lo hubiéramos puesto de almohada al Joel".

Zaira recupera la conciencia de lo sucedido y llora otra vez. Para consolarla el Caligari le entrega el pedazo de hule espuma. Ella recupera la serenidad, toma el obsequio y arrullándolo, como si se tratara de un bebé, se encamina hacia el pretil con ánimo de descansar.

El Caligari va tras ella y se sienta a su lado. Apoya la cabeza en el muro y observa el cielo gris: "Me cae que al rato llueve". Por primera vez se dirige a Zaira, que deja de acunar el trozo de hule espuma: "Cuando llovía el Joel se asustaba, ¿te acuerdas?". Zaira asiente. "Yo siempre andaba aconsejándolo: Buzo, hijín, ya no te acuerdes de la Casa, ni de la Madrecita, ni del Jefe. ¡Puta!, ése era un mono como de dos metros de alto. Apenas veía que nos acercábamos a la puerta, ¡moles!, nos tiraba un chingadazo. Mira."

El Caligari se levanta la camiseta raída: "Esa cicatriz me la debe el Jefe. Me cae que si un día me lo encuentro se la voy a cobrar, y también todo lo que le hizo a mi carnal. Desde que lo llevaron a la Casa le echó el ojo. Por cualquier cosita lo sacaba al patio y lo dejaba amarrado al árbol horas y horas y horas, sin importar que hiciera calor o que lloviera".

"Una vez Joel quiso matarse tirándose de la azotea. El Jefe lo apaleó bien feo y la Madre ordenó que lo amarrara al árbol una semana entera. Sólo le daban de comer jitomates y manzanas podridas. Pero no creas que en un plato o algo, sino que se los ponían en el suelo. Era bien triste, bien feo ver al Joel estirándose y tratando de morder algo. El Jefe se moría de risa. Cuando lo vea se lo voy a cobrar rompiéndole la jeta."

Sin darse cuenta el Caligari le arrebata a Zaira el trozo de hule espuma y lo estruja mientras habla: "A Joel le daba miedo quedarse en la noche solo en el patio. Lloraba, pedía perdón. Ni quién le hiciera caso. Una vez no aguanté y bajé a acompañarlo. Como no dejaba de llorar se me ocurrió cantarle la canción de los elefantes, por eso de que *fueron a buscar un camarada*. ¿Y sabes qué? El buey se meó de la risa. Igualito que el día en que nos pelamos de la Casa".

El Caligari muestra los brazos llenos de cicatrices: "La pared estaba altísima y con hartos vidrios picudos para que nadie pudiera salirse. Nosotros sí. Corrimos sin parar, pero antes prometimos que si el Jefe nos pescaba, nos mataríamos uno al otro para no permitirle que nos regresara a la Casa. Era un infierno, un infierno... Qué bueno que Joel ya no pueda recordarlo".

Torturado por las visiones, el Caligari llora. Zaira se pone a cantar: "Un elefante se columpiaba sobre la tela de una araña...". Olvida cómo sigue la letra. El Caligari la auxilia: "Cómo veía que resistía/se fue a llamar a un camarada".

ADELITA Y REYNALDO

"¡**É**pale!", gritó Reynaldo cuando sintió en los ojos la lucecita que lo cegaba. Adela se cubrió los senos y gritó: "¿Quién es? ¿Qué quiere?". El policía, en vez de responder, golpeó con el puño la ventanilla y preguntó, como si no lo supiera: "¿Qué están haciendo allí?".

Luego todo fue confusión. En el interior del vochito, Reynaldo tuvo que hacer movimientos de contorsionista para subirse los pantalones. Ya vestido, quiso tranquilizar a su esposa: "Ahorita lo arreglo, tú quédate en el coche". Adela se abotonó la blusa, ordenó su cabello y le lanzó una mirada de odio al guardia que los mantenía enfocados con su lamparita: "¿Por qué no la apagará?". Dispuesto a abandonar el automóvil, Reynaldo le dio otra orden: "Pon el seguro".

Agazapada en el asiento trasero Adela escuchó la voz del uniformado: "¿Qué pasó, amigo?"; luego la respuesta de su esposo: "Nada, ¿por qué?"; después las pisadas de los dos hombres alejándose por el camino de terracería. Entonces se llevó las manos al pecho, cerró los ojos y le pidió perdón a su Virgen: "Tú sabes que lo hice para que Reynaldo cambiara con nosotros. Siempre que sospechaba de mí, aunque le dijera la verdad, no me creía y se me iba encima a los golpes. Ahora, gracias a ti... ¿Me comprendes?".

Adela interrumpió su monólogo cuando vio a su marido de pie, junto a la ventanilla. Rápido accionó la manija y bajó el vidrio. Reynaldo se pegó a su oído y le dijo con voz asordinada: "Quiere consignarnos por faltas a la moral. Ya le dije que estamos casados pero no me cree". Adela estiró el cuello para ver, sobre el hombro de su marido, al policía: "¿Qué hacemos?". Reynaldo habló con suficiencia: "Darle mordida. Por las prisas, deje la cartera en la casa. ¿Cuánto traes?". Le bastó con mirar la expresión de su esposa para saber que ella tampoco llevaba dinero. Dio media vuelta y se encaminó al sitio donde el policía lo observaba con actitud detectivesca. Adela, sintiéndose más culpable que nunca, no pudo controlarse y salió del vochito.

Al oír sus pasos Reynaldo le ordenó: "Regrésate al coche". En lugar de obedecer, Adela fue directo al policía: "Oiga, ¿por qué nos detiene? No estábamos haciendo nada...". El uniformado la barrió con la mirada y le respondió: "No, ¡qué va!". Reynaldo se sintió ofendido y descargó el malestar sobre su esposa: "No te metas. Deja que yo hable. Mire, oficial: el hecho de que nos haya encontrado *aquí* no significa que andemos a salto de mata ni nada por el estilo".

El policía adoptó un tono neutro: "Es lo que vamos a averiguar. Por lo pronto los encontré cometiendo faltas a la moral". Reynaldo quiso interrumpirlo pero el uniformado no se lo permitió: "Le pedí sus documentos y no los trae. ¿Cómo sé que el coche no es robado?". "¡Óigame, no sea estúpido!", exclamó Adela. El policía se dirigió a Reynaldo: "Dígale a la dama que no me hable así". Ella no esperó y gritó de nuevo: "¿Cómo quiere que le hable si usted nos insulta? Y sépase que no tiene derecho de hacerlo, aunque traiga su uniforme".

El policía se mostró condescendiente: "No se confunda, damita. Si les pedí una identificación no es porque lleve uniforme sino porque los descubrí estacionados en la oscuridad...". Reynaldo logró al fin interrumpirlo: "¿Y qué quería? ¿Que nos detuviéramos en la avenida, debajo de la luz?". El guardia levantó el brazo y lo calmó: "Yo no sé, pero ustedes han cometido ya varios ilícitos: faltas a la moral, estacionamiento en lugar prohibido...". Adela habló a la defensiva: "Yo no veo ningún letrero que lo diga". Su objeción no impresionó al policía: "De acuerdo, no hay señalamiento. Si digo que no debieron estacionarse aquí es por su seguridad. Imagínense que los hubiera sorprendido un ladrón o alguien peor...". Adela murmuró: "Nos sorprendió un policía". Reynaldo la fulminó con la mirada y luego, con tono respetuoso, se dirigió a su custodio: "De acuerdo, actuamos mal. Ahora díganos ¿cómo podemos arreglarnos?".

El uniformado fingió no entender la frase: "Nos vamos a la Delegación, reporto los hechos y el Ministerio Público dirá lo que se hace". Adela se aproximó a su marido: "No dejes que nos lleven a la Delegación. Piensa en los niños y en lo que dirán los vecinos". Reynaldo apoyó a su esposa: "Tenemos hijos, están chavitos, yo sabré agradecerle que comprenda...". Enseguida se llevó la mano al bolsillo del pantalón: "Lo malo es que olvidé la cartera. Si usted me da su domicilio, mañana sin falta paso a dejarle...".

El policía soltó una carcajada: "Usté no se mide, y le advierto..." Adela intervino: "Es que también usté no nos deja otra salida. A fuerzas quiere amolarnos". El uniformado se frotó la mejilla: "No se trata de eso y pónganse en mi lugar. ¿Qué pensarían en mi caso? Si deveras están casados y tienen dónde vivir, ¿por qué vinieron acá para hacer *sus* cosas?".

Los esposos guardaron silencio hasta que al fin Reynaldo se dirigió a su mujer: "Díselo". Adela dudó antes de hablar: "Ay oficial, lo que sucede es que desde hace tres meses la Virgencita se apareció en nuestra recámara". El policía parpadeó mientras realizaba un breve ejercicio de memoria: "Ah sí, algo supe de eso. ¿A poco son ustedes...? Híjole, ¿y qué se siente?". Adela miró al cielo y, emocionado, Reynaldo contestó: "Muchas cosas. Uno piensa: Caray, si mi casa es humilde y yo soy pobre ¿por qué me sucede esto a mí y no a otros que sean mejores personas?". Adela suplicó: "No digas eso. Siento feo".

Agradecido, Reynaldo le sonrió a su mujer: "Es la verdad"; luego se acercó al policía: "Yo

era de los que toman y con eso le causaba sufri-
mientos a la familia. La Virgen lo vio, sintió lástima por mis hijos y por mi mujer. Creo que para
protegerlos decidió aparecerse en nuestra casa.
Desde entonces no he vuelto a tocar una botella
ni le he levantado la mano a nadie. ¿No es cierto,
Adela?". Ella inclinó la cabeza.

El oficial les lanzó una mirada aprobatoria
y quiso saber más acerca del milagro: "¿Y quién
vio primero a la Virgen", Reynaldo contestó: "Mi
esposa. Siempre ha sido muy devota". Adela comprendió que era su turno: "Fue un lunes. La casa
estaba toda revuelta porque pues... ¿lo digo?". Esperó a recibir la autorización antes de continuar:
"Fue un lunes. Habíamos tenido un pleito bien
feo el domingo. Mi viejo rompió hartas cosas y,
bueno, ¿ya para qué le cuento?".

Con actitud de mártir Reynaldo le ordenó:
"Di la verdad: te agarré a guantones. Ahora me
avergüenzo, pero tú sabes que si algo me molesta
es que me digas mentiras". Adela suplicó: "No
empieces, Rey. Lo bueno es que gracias a la Virgencita ya cambiaste...". Un acceso de llanto le
impidió seguir hablando. Incómodo, el policía se
acercó al oído de Reynaldo: "Dígale que vuelva
al coche. Está muy alterada".

Cuando los hombres se quedaron solos
hubo entre ellos una especie de complicidad. "Su señora es bien nerviosa", dijo el uniformado. Su tono
propició la confesión de Reynaldo: "Y más que
desde hace tres meses... Bueno, usté comprende:
con la Virgen en la cabecera, ¿pos cómo? Al prin-

cipio dije: Total, me aguanto; luego pensé: podemos hacerlo, somos marido y mujer. Se lo expliqué a mi esposa pero ella me salió con que no...". El policía lo miró con lástima y Reynaldo siguió hablando: "No soy un santo y como al mes y medio de que *nada de nada* le propuse que fuéramos a un hotelito. ¡No se lo hubiera dicho! Se ofendió, que porque estaba tratándola como a una tal por cual. Hoy la convencí de que viniéramos acá, pero ya ve..." El oficial desvió la mirada. La voz de Adela les llegó desde el coche: "¿No pueden discutir en otra parte?".

El policía murmuró algo incomprensible y Reynaldo aprovechó para hacerle una propuesta: "Acompáñenos a la casa. Verá a la Virgen y se dará cuenta de que somos gente de bien. Además podremos agradecerle el favor, digo, si es que no se ofende". El uniformado giró en dirección al vocho y lo abordó.

Al cabo de unos minutos de silencio, para limar antiguas asperezas Adela preguntó: "Oficial, ¿es casado?". "Sí, y precisamente estaba pensando en mi esposa. Es muy devota. Qué no daría ella para que se le apareciera la Virgen. Pero está difícil." Adela recobró el entusiasmo: "No, siempre y cuando su señora lo pida con mucha fe". El policía murmuró: "¿Será?". Reynaldo comprendió que la pregunta iba dirigida a él, ladeó la cabeza y le respondió al oído: "Sí, la cosa está en que usté le pida a Dios que la Virgen se manifieste en la sala porque, con todo respeto, tenerla en la recámara es una bronca muy gruesa".

El descubrimiento de América

—Rodrigo, no insistas. Después, cuando esté más tranquila, te lo explicaré todo. Lo juro.

—De acuerdo, América. Sabes que mi único deseo es que te sientas bien cuando estamos juntos.

Rodrigo se apoya en el respaldo de la silla donde antes colgó su saco:

—¿Piensas que te presiono demasiado?

—No es eso... —América desvía la mirada.

—Pero te hago sentir mal con mis preguntas. Discúlpame —Rodrigo se frota la cara—; pasé una noche horrenda. Mil veces estuve a punto de marcar tu teléfono.

—Y si hubiera contestado mi esposo ¿qué le habrías dicho?

—Pues que soy bombero y llamaba para comprobar si de ese número habían reportado un enjambre de abejas africanas.

—¿En serio pensaste en decirle eso?

—Lo ensayé hasta que me convencí de que tenía voz de bombero.

Rodrigo toma asiento. Las mangas colgantes de su saco producen el efecto de que tiene cuatro brazos. América suelta una carcajada.

—Menos mal que al fin vuelves a reírte, no importa que sea de mí.

—No me estaba riendo.

Rodrigo contempla a América durante unos segundos y luego corre a hincarse junto a la cama donde ella está tendida y a medio vestir:

—Ayer, después de escuchar tu recado, no sabes qué pensamientos macabros pasaron por mi mente.

—Estaba alteradísima, discúlpame. Esta mañana quise decirte que ya no te preocuparas y por eso te llamé como a las siete, pero no contestaste. ¿Dónde estabas?

—Fui a comprar *La Prensa*. Temía ver la foto de tu cadáver: "Bella mujer víctima de los celos de su marido".

—¿Por qué se te ocurrió algo tan terrible? —América no puede evitar sentirse halagada.

—Por el recadito que dejaste en mi grabadora. Imagínate lo que pensé al escuchar: "No me busques. Espera a que yo lo haga. Deséame suerte". Pasé horas junto al teléfono. ¿Por qué no me llamaste?

—Imposible. Ari y yo estuvimos discutiendo.

—América, ¿te pido un favor? Cuando estés conmigo no te refieras a tu esposo como Ari. Llámalo Ariel y punto —Rodrigo ve reaparecer la expresión burlona de América—: Ya sé lo que estás pensando: "Es el colmo que este tipo sienta celos de mi marido".

—¿En serio estás celoso? —en el tono de

América hay una intensidad que Rodrigo no advierte—; dímelo.

–Sería un estúpido si tuviera celos de tu marido. Él es quien debería estar celoso de mí... Perdón, dije una tontería. Dime: ¿se enteró de lo nuestro? ¿Te hizo reclamaciones?

–Para nada.

–Tu recado daba a entender lo contrario —Rodrigo apunta a América con el índice—: Te aconsejo que vigiles tus nervios. De repente tú solita te das cuerda, inventas cosas. Fue lo que sucedió ayer. ¿Me equivoco?

–Sí, y no me hables como si tuviera diez años. Te juro que no fueron mis nervios. Ariel me llamó a la oficina, cosa rarísima. En el tono más dramático me dijo: "Es urgente que hablemos. Procura llegar temprano". No quiso adelantarme de qué se trataba. "Es delicado. Alguien podría grabarnos o descolgar tu extensión. Esperemos hasta la noche." Pensé: "Ya sabe todo". Fue un momento espantoso.

–Sigue. ¿Qué pasó cuando llegaste a la casa?

–Ariel estaba en la sala, con un sobre en la mano. En el mismo tono patético me dijo: "América, esto es muy grave. ¿Te das cuenta de lo que estás haciendo?".

–Te advertí que no guardaras mis cartas —murmura Rodrigo.

–Me entró pánico. Le pedí que me entregara el sobre. Se negó y siguió hablando: "Es tuyo, te lo voy a dar. Aquí está la prueba de que lo has hecho dos y hasta tres veces en un mismo día.

Eso es mucho más que simple necesidad: es vicio".

–¿Cómo supo lo de esa noche en Morelia? —Rodrigo aprovecha el silencio de América para aclarar triunfal—: Y por cierto, no lo hicimos tres, sino cuatro veces.

América hunde el rostro en la almohada y su voz se opaca. Rodrigo le encarece que hable claro y ella grita:

–Nunca me imaginé que pasaría por una situación tan absurda, tan ridícula —guarda silencio y se estremece.

Rodrigo piensa que América llora. Se aproxima a ella suplicante.

–No puedo verte así, cálmate... —retrocede cuando América se incorpora. Tiene el rostro congestionado, pero no a causa del llanto sino de una hilaridad que lo alarma—: ¿Qué pasa?

América agita las manos en el aire en demanda de una tregua. Cuando al fin logra controlarse murmura:

–Todo es tan cómico, tan increíblemente cómico...

–Carajo, de una vez por todas dime. No me hagas esperar más. No es justo. Tengo derecho a saber lo que sucedió anoche.

–No tiene nada que ver contigo.

–Ah sí, claro: es algo *sólo* entre tú y Ari —Rodrigo camina hasta el centro de la habitación—: Podrías decirme al menos qué papelito estoy jugando. Ojalá que no sea el de imbécil.

–No compliques las cosas.

–Eres tú quien complica todo. Sería facilí-
simo que en vez de andar con tus misterios me di-
jeras qué pasó —Rodrigo adopta una actitud
paternal—: ¿Por qué te cuesta tanto trabajo?

América se revuelve en la cama y al fin se
incorpora:

–Porque lo que me sucedió fue humillan-
te, ridículo, bochornoso. ¿Te basta con eso o debo
ser más explícita?

–¿Ariel te violó?

–No seas absurdo: es mi marido.

–La violación también existe dentro del
matrimonio.

–¿Podemos cambiar de tema? —América
baja la voz—: Acuérdate de que jamás me meto
en tu vida conyugal.

–No hace falta: te lo digo todo —Rodrigo
suaviza su expresión—: Dime de una vez si en el
sobre estaba una de mis cartas.

–No. Y te aseguro que a Ariel le habría
preocupado menos tu carta que ver el estado de
cuenta de mi tarjeta. Era lo que contenía el sobre.
Aunque iba dirigido a mí, Ariel lo tomó y lo abrió.

–¿Y eso qué?

–¿Cómo *qué*? Te lo dije claramente: es *mi*
tarjeta y, por si te interesa, yo la pago —América
se muerde las uñas. Fue tan absurdo y tan peligroso, en especial cuando mencionó que lo *había hecho* más de una vez en una tarde. No pongas esa
cara: se refería a mis compras, no a nosotros.

–¡Qué alivio! Espero que hayas dejado allí
las cosas.

–No pude. Estaba fúrica y le reclamé: "No tienes ningún derecho de violar mi correspondencia y menos de hablarme al trabajo en un tono espantoso, como si hubieras descubierto que tengo un amante". No comentó nada. Pensé que no me había escuchado. Se lo repetí. Su contestación me hizo polvo: "Un amante ¿tú, *América*? Por favor, no te hagas ilusiones".

América apenas logra concluir la frase. Llora en silencio y al cabo de unos segundos mira ansiosa a Rodrigo:

–Dime la verdad: si yo fuera tu esposa ¿me creerías digna de tener un amante? Contéstame por favor, di que me amas.

LA CRUZ DEL NORTE

Al mes de que trajeron a Ezequiel de Nueva York vino a decirme Socorro: "Encontré un cuarto en Santa Clara. Mi hijo y yo nos iremos a vivir allá".

La noticia me sorprendió y entristeció. La Coco y yo fuimos de las primeras en llegar a esta colonia, hace más de veinte años, y desde el principio nos hicimos muy amigas. Nuestros hijos crecieron juntos, fueron a las mismas escuelas, estuvieron en el mismo equipo de futbol y hasta formaron un grupo musical: Los Pikositos. Hace un año nos salieron con que querían irse a Nueva York. Socorro estuvo de acuerdo: "Es mejor que se vayan a donde pueden encontrar un trabajo y no seguir aquí de vagos, viendo malos ejemplos y pensando tonterías".

Si Memo no logró hacer el viaje fue por culpa de su desidia. Nunca buscó los contactos y luego, cuando los encontró, le faltó el dinero. En vez de guardar lo poquito que se ganaba ayudando en el mercado y en la refaccionaria iba a botárselo comprando baratijas. Ezequiel, en cambio, lo arregló todo y al fin le dijo a Socorro: "Jefa, me voy aunque sea solo". Memo lo resintió bastante y me dolió ver que mi hijo se quedaba atrás por su apatía. Ahora la bendigo: gracias a eso no le pasó lo que a Ezequiel.

Cuando Socorro me salió con que se iba a Santa Clara le dije que al menos me diera su dirección para visitarla. Su respuesta me dejó muda: "Espero que no lo tomes a mal, pero por favor no me busques. Necesito estar sola, arreglar mis cuentas con la vida y con Dios. Él sabe por qué hace las cosas; sin embargo, por más que quiero evitarlo, todo el tiempo le estoy preguntando por qué le mandó un sufrimiento tan grande a Ezequiel. Si fuera un malvado, un vicioso, lo aceptaría; pero no es así y tú lo sabes mejor que nadie porque lo conoces desde chiquito. Dime, ¿es justo lo que le pasó? No. Si pensó en irse a Estados Unidos fue porque aquí no pudo seguir estudiando y allá por lo menos encontraría un trabajo. Fue iluso, fue soñador, de acuerdo; pero eso no ameritaba que lo trataran como si fuera un asesino o un ladrón".

El sábado vi el carro de la mudanza frente a la casa de Socorro. Pensé en ir a ayudarla pero recordé lo que me había dicho, decidí no meterme y esperar a que ella fuera por lo menos a despedirse. No lo hizo. Hoy comprendo que en su situación yo habría hecho lo mismo. En aquel momento pensé que Socorro era una mala amiga y con todo el dolor de mi alma la di por perdida.

Ayer, como a las seis de la tarde, yo estaba cobrando un vapor individual cuando sonó el teléfo- no. Al descolgarlo oí la voz de Socorro. Me quedé muda pero luego a las dos se nos salieron las lágrimas de gusto y nos pusimos a platicar como si no hubiéramos dejado de vernos ocho meses. Se sorprendió de que yo siguiera aquí en los Baños Raziel y le alegró saber que Memo está trabajando como ayudante de soldador. "Cuando le ofrecieron esa chamba le hizo el feo. Lo convencí de tomarla diciéndole que yo no voy a durarle toda la vida y que ya es hora de aprender por lo menos un oficio."

Mientras hablaba de Guillermo sentí más y más ganas de preguntar por Ezequiel. No lo hice porque no sabía cómo iba a tomarlo Socorro y mejor le pregunté: "¿Cómo estás, qué es de tu vida?". La noté optimista cuando me respondió: "Ya que no puedo salir, hago maquila de overoles en la casa. Los fines de semana pongo una fritanguita en mi puerta y por lo menos tengo para comida y renta. Me cambié a una casa. Es un dedal pero tiene azotehuela, una ventaja muy grande porque Ezequiel puede sentarse a tomar el sol sin que nadie lo moleste".

Si Coco mencionaba a su hijo era buena señal. Así que pregunté por la salud de Ezequiel: "Va muy bien. Ya no le duele su cabeza y duerme un poquito más tranquilo. Pero de lo que le doy gracias a Dios es que ya dice *mamá* bien clarito. Ya

lo verás el domingo que me visites, si es que acep-
tas mi invitación: pienso hacer unos tamales".
Acepté con mucho gusto y le pregunté qué le
gustaría que le llevara. "Una gelatina de frutas",
contestó, y otra vez nos soltamos llorando.

Esa noche no dormí pensando en las vueltas que da la vida. Recordé cuando Socorro y yo
llevábamos a Guillermo y Ezequiel al jardín que
está atrás del mercado Juárez y nos poníamos a
comparar sus gracias y sus adelantos. Ni en sueños imaginábamos lo que sucedería después: mi
hijo terminó como ayudante en un taller de sol-
dadura autógena. No me quejo: pudo haberle sucedido lo que le ocurrió a Ezequiel en Nueva York:
iba caminando rumbo al correo cuando unos policías lo detuvieron para pedirle sus papeles.
Como no llevaba ninguno se le fueron encima y lo
golpearon tanto que el muchacho quedó mal de la
cabeza.

Nunca sabremos cómo llegó a un hospital
ni cuánto tiempo estuvo allí. Por la fecha de la
carta que no alcanzó a enviarle a su madre y le en-
contraron en el bolsillo del pantalón, calculamos
que fueron como seis meses. Luego lo remitieron
a un manicomio. Me escalofría pensar que pudo
quedarse allí para siempre. Se salvó gracias a que
una de las monjitas se dio cuenta de que Ezequiel
no podía hablar pero no estaba loco. Entonces pidió permiso para llevárselo a un albergue que
ellas tienen: El Refugio del Migrante.

Como en el sobre estaba escrita la dirección
de Socorro lo mandaron para acá. Vino acompa-

ñándolo un muchacho de Puebla. Nunca olvidaré su nombre ni dejaré de bendecirlo: Joel Casillas. Gracias a él supimos algo de lo que le sucedió a Ezequiel. Lo demás podemos imaginarlo gracias a la carta. Desde que la leí sueño con que encuentro a los policías que atacaron a Ezequiel y se las leo. Lo terrible de mi pesadilla es que, mientras lo hago, esos hombres —inmensos, uniformados, pálidos— golpean a otro muchacho que tiene la carita de Guillermo.

Mi muy querida Jefa: ¿Y usté qué dijo?: aquél ya no se acuerda de mí. Pues ya ve que no es cierto ni lo ande pensando. Si no le había escrito no era por falta de ganas sino de tiempo y de cosas buenas que contarle. Pero ya conseguí chamba en una tiendita donde se venden mole y tortillas.

Le juro que aunque quisiera no podría irme de parranda. Llego a la casa rendido, nomás con ganas de tirarme en la cama. Si la encuentro ocupada me echo en donde sea porque ya me anda de sueño.

Nos renta mil quinientos dó-la-res. Por eso vivimos aquí diecinueve gentes. Entre todos apenas logramos pagar ese dineral.

Me irá bien si usté no deja de encomendarme a todos sus santos. Un amigo que trabaja la flor con unos coreanos me dijo que cuando vea que hay chance me llevará a chambear allá. Terminan a las siete. Con ese horario hasta podré aprender inglés.

Estoy juntando toda la feria que gano porque quiero irme a verla para el día de su santo. Acuérdese de lo que me prometió: que si volvía iba a hacerme una tamaliza para todos mis cuates. Por cierto, si ve al Guillermo dígale que los de la migra no son tan perros, que la cosa es tener maña para sacarles la vuelta, que no tenga miedo.

Antes de que se me olvide quiero mandarle muchos saludos a la Nena. Ella prometió hacerme gelatina de frutas. Si viera que, aparte de usté, lo que más extraño es la comida. Por eso me gusta trabajar donde trabajo, porque tan siquiera huelo las tortillitas y el mole.

Tengo muchas cosas qué contarle y me imagino que usté también. Me encantaría recibir noticias suyas, pero ponerle mi dirección es peligroso porque a veces los de la migra lo encuentran a uno por las cartas.

Jefaza de mi vidaza, aquí le corto porque ya se me acabó la hoja y no tengo otra. Nomás pongo la poderosa y voy al correo a echarle el sobre. Cuídese mucho. Un besote de Ezequiel, o sea de su mero consentido.

LA CASA DE LOS PÁJAROS

Cuando entré en la casa mi hermana Herlinda fingió no verme. Es su manera de advertirme que está disgustada conmigo porque otro pájaro se escapó de la jaula. Cuando suceden estas cosas, en vez de reclamarme enseguida, espera a que me siente a la mesa. Así no tengo forma de impedir que me pegue al oído su boca pintada para decirme: "Escuincle menso: ¿qué demonios tienes en la cabeza? Volviste a dejar la jaula abierta. Se largaron dos canarios. Ahora ¿qué le digo a tu abuelo?".

Herlinda se hincha cuando se enoja. Yo me quedo mirándola sin decirle nada. Piensa que tengo miedo de que me suelte un bofetón. Es cierto a medias: enmudezco porque veo acercarse a la muerte que se llevará a mi abuelo. Él y yo lo sabemos pero me pidió que no se lo comunicara a nadie: si lo hago, mi cuñado Víctor ordenará que lo encerremos en un asilo. Con tal de que eso no ocurra soy capaz de soportarlo todo.

Por la noche, al regresar mi cuñado de su trabajo, Herlinda le cuenta el chisme: "¿Qué crees? *Mi hermanito* volvió a dejar la jaula abierta". Él me toma de las patillas, me jala, me zarandea y me exige que reconozca mi descuido y pida perdón. Hago esfuerzos para no llorar pero se me salen las lágrimas. "¿Por qué lloras?", me gritan Herlinda y él al mismo tiempo. Aunque estuviera dispuesto a decirles la verdad y a romper el pacto de silencio con mi abuelo, no encontraría palabras para explicarles que lloro porque el fin de mi abuelo está cada vez más cerca.

Se llama Hilario. Nunca me ha dicho cuántos años tiene, pero deben de ser muchísimos porque ya no le quedan dientes en la boca. Los fue escupiendo uno por uno y perdió el apetito y la sonrisa. Los guardó en una caja que ahora es mía. Cuando yo era más chico y mis papás se iban de paseo mi abuelo me entretenía mostrándome ese tesoro. Después me tuvo más confianza y me permitió jugar con sus muelas y colmillos porque así podía dedicarse al cuidado de sus pájaros. Hace más de un año, cuando se escapó de la jaula el primer cardenal, me ordenó tirar la caja con sus dientes. Tuve un presentimiento y le pedí que me la regalara. Aceptó con una condición: "Júrame que cuando seas viejo como yo y se te caigan los dientes los guardarás junto con los míos. Será como si estuviéramos riéndonos los dos juntos". Entonces no entendí el motivo de aquella petición tan rara.

Desde que enviudó, la adoración de mi abuelo han sido sus pájaros. Al principio sólo eran dos. Mi abuelita los compró en el mercado de Sonora. Antes de morir le hizo prometer al abuelo que los cuidaría. Él le dio su palabra y la ha cumplido. Empezó por bautizar a los canarios —Chema y Juana— y acabó por rodearlos de muchas otras aves. "¿Para qué tantas?", preguntó Herlinda. "Para que cuando muera uno de los dos el otro no se sienta solo."

El orgullo de mi abuelo es su jaula. Le gusta que las personas se detengan frente a la ventana para mirarla. Cuando alguien le pregunta dónde compró esos pájaros tan preciosos y cantadores, él se esponja como un pavorreal: "Los agarré en el monte. Si no me cree, pregúnteselo a mi nieto". Dice la verdad. Lo he acompañado y me consta que es el mejor de todos los cazadores.

Parece mentira que la familia no sepa apreciar algo tan bello. Una vez oí a Víctor decirle a mi hermana que esos animales lo tenían harto porque lo despertaban muy temprano. A la mañana siguiente, después de que él salió a trabajar, Herlinda le comentó a mi abuelo que los pájaros le estaban causando problemas con su marido. "Además, son muy sucios, pueden pegarnos una enfermedad."

A mi abuelo se le llenaron los ojos de lágrimas, como a mí cuando Víctor me jala de las patillas. Herlinda no se conmovió, ni siquiera le tembló la voz cuando le dijo: "No te portes como un niño. Ya estás viejito y te sentirás mucho mejor si no te cansas tanto limpiando las porquerías de esos bichos".

Mi abuelo se fue derechito contra Herlinda. Creí que iba a pegarle con su bastón, pero nada más le gritó: "Para que te lo sepas, esos animales, cuando cantan, le llevan mis noticias a tu abuela". Herlinda soltó una carcajada. Mi abuelo se descompuso y casi no podía respirar, de tan agitado, pero con todo y eso siguió defendiéndose: "Métete bien en la cabeza lo que voy a decirte: esos animales sólo se irán cuando yo me vaya". En la noche mi hermana puso a Víctor al tanto de todo: "Creí que iba a pegarme. Me amenazó". Víctor destapó una cerveza: "La próxima vez que te salga con lo mismo le dices que está bien, que nada más te informe a dónde se irá, para que le mandemos sus cosas". Como siempre, Herlinda quiso quedar bien con su marido: "Seguramente a *su mansión* de Las Lomas...". El chiste me cayó mal. Me encerré en mi cuarto.

Poco después de aquella escena mi abuelo y yo nos distanciamos, mejor dicho yo me aparté de él. Pensé que ya no me quería porque agarró la costumbre de irse solo al monte. "¿No te llevas a Mauricio?", le preguntó Herlinda varias veces. Él nunca respondió y eso me llenó de rencor, hasta creí odiarlo. Mi hermana se dio cuenta. Quizá por eso, la primera vez que se escaparon dos pájaros copetones, se le ocurrió que en venganza yo había dejado la jaula abierta. Juré que no era cierto pero no me creyó. En castigo me ordenó que fuera a darle la noticia a mi abuelo.

Lo encontré sentado en su cama, agitando la cajita con sus dientes como si fuera una sonaja. Me miró al darse cuenta de que lo observaba. Por la forma en que lo hizo adiviné que estaba al corriente de la pérdida y me apresuré a aclarar: "Te juro que no fue mi culpa". Me interrumpió: "Ya sé que no fuiste tú. Ven, acércate...". Adiviné que algo muy malo iba a suceder.

Cuando estuve cerca mi abuelo no me miró, sólo me ofreció la caja de sus dientes: "Toma, llévatela y tírala por ahí". Mi presentimiento se hizo más fuerte y quedé paralizado. Él se impacientó: "¿Qué no oyes?". Obedecí. Cuando llegué a la puerta me detuve: "¿Me puedo quedar con la caja?". Al cabo de un ratito escuché la respuesta de mi abuelo: "Siempre y cuando me prometas una cosa. Ven...".

Regresé a su lado. Estuve lo bastante cerca de él como para ver en sus ojos la tristeza. No pedí explicaciones, sólo me arrojé en brazos de mi abuelo. Permanecimos así un buen rato y al fin me arrancó la promesa: "Júrame que cuando seas viejo como yo y se te caigan los dientes los guardarás junto con los míos". Mi abuelo no se dio cuenta de que sus palabras me aterrorizaban, sólo puso la caja entre mis manos. Fingí observarla atentamente. Mi abuelo me tomó por la barbilla y me obligó a mirarlo: "Yo dejé que los pájaros escaparan, pero no pude decírselo a Herlinda porque si no... ¿Me perdonas?". No entendía nada y apenas tuve valor para preguntar: "¿Si no, qué...?". "Me mandarán a un asilo. Yo no quiero salir de esta casa donde me dejó tu abuela."

Por un momento pensé que Herlinda tenía razón: el abuelo estaba perdiendo la cordura.
Él adivinó mis pensamientos: "No estoy loco. Es
cierto que pronto moriré". Hizo una pausa y se
golpeó en el pecho antes de agregar: "Algo anda
mal aquí...". "¿Y no te lo pueden componer?" Mi
pregunta le arrancó una sonrisa: "No, no quiero
arreglos. Ya me cansé de todo esto, de tanta soledad". Hice un gesto de reproche. Mi abuelo me
acarició: "Por ti, sólo por ti, me quedaría; pero no
puedo hacerlo. Tu abuela está esperándome. Sabe
que ya agarré el camino". "¿Quién se lo dijo?",
grité. Mi abuelo no se alteró: "Los pájaros".

Después de esa noche mi abuelo, según
iba sintiéndose más débil, propició la fuga de los
pájaros. El día en que muera soltaré el último
zenzontle. Me alegrará pensar que su canto le
hará menos triste y pesado el largo viaje.

Insectos

Conchita no me estaba mirando. Habría podido alejarme de la puerta sin despertar su curiosidad, pero no lo hice. Me lo impidió el recuerdo de una frase pronunciada por mi madre años atrás: "Nosotras tomaremos ese avión". El impacto que me causaron aquellas palabras fue mucho más aterrador que la experiencia vivida apenas unos minutos antes rumbo a Mérida. Mi abuela Dolores vivía allá, en una casa de dos patios lleno de guayas y yerbas aromáticas.

Mi madre y yo íbamos a visitar a mi abuela con motivo de su cumpleaños. Nunca antes había viajado en avión. Durante los primeros minutos de vuelo me divertí descubriendo en las nubes formas de animales. De pronto pareció que caíamos en un bache, grité: "¿Qué pasa?". Una de las azafatas respondió: "Nada, tú tranquilita", mientras que otra nos ordenaba abrocharnos los cinturones de seguridad. Mi madre procuró tranquilizarme y me envolvió entre sus brazos. La oí rezar y cuando los sacudones fueron más violentos me persignó.

No sé cuánto tiempo transcurrió entre ese momento y el del aterrizaje. Apenas se detuvo el avión los pasajeros se levantaron decididos a rescatar sus equipajes de mano y salir huyendo. En medio de aquel desorden oímos la voz del capitán. Resumió la desagradable experiencia en términos de una "leve descompostura". Luego, en tono afable, nos ofreció tres alternativas: esperar a que se revisaran los sistemas de seguridad para que pudiéramos remprender el vuelo, presentarnos en las oficinas de la aerolínea para interrumpir el viaje y que se nos devolviera el costo del boleto o abordar la aeronave de otra línea que también cubría la ruta hacia Mérida. Mi madre dijo lo que menos esperaba: "Nosotras tomaremos ese avión".

Por la tarde, luego de que llamamos a mi padre para informarle por teléfono del percance, mi mamá volvió a contarle a mi abuela nuestra aventura en el avión. Sólo entonces vislumbré el peligro que habíamos corrido y el motivo de que mi madre hubiera optado por que continuáramos el viaje: "Pensé que teníamos que perder el miedo allí mismo, porque si no jamás volveríamos a subirnos a un avión".

En aquel momento no imaginé que a lo largo de mi vida tendría que aplicar la medida tomada por mi madre cuando deseaba desvanecer mis temores. Siento que empiezo a superarlos apenas me digo: "Nosotras tomaremos ese avión". Lo pensé la mañana en que volví, ya huérfana, a la casa de Mérida.

Entré directamente al primer patio. Sentí el paso del tiempo cuando miré las matas de guaya confundidas con las plantas silvestres. Sus ramas formaban un tejido intrincado y peligroso donde antes habían crecido flores olorosas a miel. Pensé en reclamarle el descuido a mi prima Conchita. Ella había cuidado a mi abuela durante el último año de su vida y desde entonces continuaba viviendo allí.

Conchita era empleada en una dulcería. En los periodos vacacionales rentaba cuartos a los turistas. Antes de hacerlo me consultó por teléfono. Acepté a cambio de que mantuviera cerrado el de mi abuela. Recordaba todos sus detalles: la hamaca blanca, el sillón de bejuco, el altar en honor a la Virgen del Carmen, las cortinas ligeras que apenas filtraban la luz del sol y la mesita atestada de novenarios y un misal. Pensar en él me producía siempre estremecimientos desagradables.

"Preparé champola de guanábana, está bien fresca", gritó Conchita desde una ventana. Era la misma frase que mi abuela había pronunciado la tarde que mi madre y yo llegamos a visitarla. Por unos instantes tuve la impresión de que aún estaba allí, con su cabello recogido sobre la nunca, el hipil blanco y las babuchas de henequén bordadas con flores de artisela. Otra vez Conchita me arrebató de mi ilusión: "Si vas a querer entrar en el cuarto de mamagrande deja, busco la llave".

Sentimientos contradictorios me impidieron responder. Por una parte deseaba con vehemencia regresar a la habitación y por la otra, sin explicarme el motivo, sentía pánico de hacerlo. Sonriente, Conchita me entregó la llave y desapareció. Enseguida me dirigí al cuarto de mi abuela. Introduje la llave en la cerradura pero no me atreví a girarla. Permanecí indecisa hasta que recordé la frase pronunciada por mi madre: "Nosotras tomaremos ese avión".

La habitación estaba igual a como la había visto años atrás, excepto que mi abuela no ocupaba el silloncito de bejuco donde solía bordar *sin lentes* —cosa que subrayaba, agradecida de que el tiempo no hubiera disminuido su vista como lo había hecho con su estatura.

La hamaca estaba enrollada en uno de sus extremos. La desanudé y la tendí. Cuando quise mecerme en ella no logré mantener el equilibrio y estuve a punto irme de boca. En ese momento recordé las burlas de mi abuela a la hora en que, para liberarme del cansancio de un viaje tan accidentado, me sugirió que durmiera en su hamaca. En aquella ocasión me caí varias veces antes de conseguir acomodo en la red perfumada.

Durante los días que se prolongaron aquellas vacaciones mi madre se empeñó en practicar las recetas que mi abuela conservaba en un cuaderno salpicado de maravillosas caligrafías. Las dos se empeñaron en explicarme que los renglones donde se precisaban pizcas de condimentos o manojitos de yerbas eran más que claves de un buen sabor: lazos que unían a generaciones de Cerveras.

Por la tarde, cuando la intensidad del sol era menor, recorríamos los patios. Mientras retiraba hojas o ramas secas mi abuela refería capítulos de la vida familiar a los que entonces no les puse atención. Estaba fascinada por una experiencia nunca antes vivida: estirar la mano hacia la rama de un árbol y apropiarme de una fruta. Nunca he probado otras tan deliciosas.

Una tarde, a punto de que termináramos nuestra visita, encontré a mi abuela bordando junto a la ventana, cosa que no había hecho desde nuestra llegada. Ahora comprendo que al reemprender su actividad cotidiana se ejercitaba para el momento de estar sola otra vez, pero en aquel momento me disgustó. Corrí a la hamaca y empecé a mecerme para atrapar su atención. Ella debió entenderlo porque enseguida suspendió su labor y me dijo: "¿Sabes cuántos años tiene esa hamaca? Más de cien. La tejió mi mamacita".

La interrumpí con un grito de horror; a corta distancia subía por la pared, en línea diagonal, un insecto de caparazón oscuro y antenas azules. "No te hace nada, él va por su camino. Déjalo." Las palabras de mi abuela no me tranquilizaron. Como pude, salté de la hamaca y corrí hasta la puerta, donde me sentí a salvo. Mi abuela murmuró algo y me sonrió. Le pregunté si no le temía a aquel bicho. Su respuesta me impresionó: "Más bien lo envidio. Te aseguro que ese animalito vivirá más que yo".

Tomé una toalla y la arrojé contra la pared. No alcanzó al animal ni lo desvió de su ruta. Al advertir mi frustración, mi abuela me llamó a su lado: "Ven, deja ese bicho. Piensa que mañana a estas horas ya no estarás aquí y aunque quiera no podré acariciarte".

La mañana de nuestra partida, horas antes de salir al aeropuerto, volví a la habitación de mi abuela. Al segundo paso descubrí un animal idéntico al que tanto me había horrorizado. Mi repugnancia se convirtió en odio cuando recordé la frase de mi abuela: "Vivirá más que yo". Entonces me poseyó un poderoso impulso vengador. Esperé a que el insecto caminara sobre el misal abierto y me lancé a cerrarlo con furia. Mantuve las manos apoyadas sobre la tapa hasta que dejé de oír el crujido pavoroso. Debí esforzarme mucho para desterrar su recuerdo.

Cuando regresé sola a la casa de la abuela y me vi indecisa frente a la puerta de su habitación, comprendí que el temor de oír aquel crujido era lo que me inmovilizaba. "Nosotras tomaremos ese avión", pensé al tiempo que giraba la llave. La luz vespertina caía sobre la hamaca tendida. "Tiene cien años", recordé y fui directo a la mesita de los novenarios.

Encima estaba, como siempre, el misal de mi abuela. Lo abrí. Entre las páginas donde había triturado al insecto sólo encontré una mancha oscura. Pensé en lo absurdo de mis temores y me dispuse a salir. Cuando llegué a la puerta me detuve. Quería conservar en mi recuerdo una imagen de conjunto. Al volverme descubrí un insecto de caparazón oscuro y antenas azules subiendo en diagonal por la pared.

Hijo del hombre

Artemisa no les concede importancia a las miradas indiscretas y reprobatorias que la acechan. Sigue golpeando la puerta de lámina que suena como un tambor infernal. Al no obtener respuesta se inclina y observa a través de una ranura:

—Sé que estás allí, Alicia. ¡Ábreme! —ansiosa por ver algo más que la tina colocada a mitad del patio donde tantas veces jugó con su hermana, Artemisa busca en la puerta un mejor observatorio. No lo encuentra. La frustración exacerba su disgusto. Se vuelve hacia las casas de la otra acera. Parecen desiertas, pero Artemisa intuye que sus antiguos vecinos la observan desde las ventanas cubiertas con toallas, cretonas y carteles en que sonríen, ya anacrónicamente, los candidatos de las pasadas elecciones:

—Y ustedes, cabronas, ¿qué me ven?

Su grito se confunde con el chirrido de la puerta al abrirse. Aparece Alicia en actitud retadora:

—Si viniste a hacer escándalo, mejor vete. ¿Qué quieres?

—Contigo, nada. ¿Dónde está Chava? —Artemisa mira hacia el interior de la casa.

—¿Por qué piensas que está aquí?

—Ni modo que se haya ido a otra parte. Me pasé toda la noche buscándolo. Fui al Oxxo, a la cantina de Claudio, a la gasolinera, a la estación, hasta al Rocket entré. Nadie lo ha visto. Tiene que estar aquí.

—Te equivocas, pero si no me crees, entra —Alicia deja el paso libre a su hermana; mira con disimulo hacia la refaccionaria y después la sigue—: Revísalo todo, pero te advierto que aquí no encontrarás a tu hijo.

Las dos mujeres entran en el único cuarto. Está vacío. Satisfecha, Alicia sonríe:

—¿No te lo dije?

—Si no está aquí, ¿dónde? Tú has de saberlo. El marica ese siempre te lo cuenta todo —Artemisa cambia de tono—: Licha, no seas así: ¡dímelo!

—Esta vez no voy a decirte nada.

—¿Por qué siempre te pones en mi contra? ¿Qué te he hecho? —Artemisa se lleva las manos a la cabeza y se desploma en la cama.

—A mí nada. A tu hijo ¡sí! —se acerca para que su hermana la escuche mejor—: Tómalo como quieras, pero en estos momentos le estoy pidiendo a Dios que el Chava ya esté muy lejos.

Artemisa se incorpora:

—¿A ti también te contó que pensaba irse a Estados Unidos? —en el silencio de Alicia, adivina una respuesta positiva—: ¡Por Dios! Es una criatura. Allá pueden matarlo.

–Aquí también. Mejor que lo maten los gringos y no su madre.

–Óyeme, ¿qué estás diciendo?

–Lo que oíste.

–¿Te das cuenta? Me lo dices *a mí* que soy su madre.

–Por como lo has tratado siempre, más bien pareces su peor enemiga.

–De seguro ya vino de chismoso. ¿Qué te contó? —Artemisa se muerde los labios y murmura entre dientes—: Condenado escuincle. Ora que te vea me las vas a pagar.

–Él no me ha dicho ni media palabra, ni a eso se atreve. Pobre Chava, me da una lástima...

–No veo por qué.

–¿No? Imagínate qué vida lleva: siempre está triste, asustado, anda todo lleno de cicatrices —corre a cerrar la puerta y desde allí, en tono más bajo, advierte—: Si me entero de que vuelves a golpear a tu hijo, te denuncio. Y no estoy jugando.

Artemisa abre la boca pero no consigue articular una palabra. Derrotada, inclina la cabeza y mira el piso de cemento:

–Para ti, para todos, siempre soy la culpable —se lleva la mano al pecho y respira con dificultad—: Te juro que yo no provoqué al tipo. Él me buscó, él me esperó, él me arrastró al baldío. Allí amenazó con matarme si no... Ojalá que lo hubiera hecho.

–Ya cállate. ¿Qué caso tiene que sigas recordando? Sucedió hace años. Ya no te lastimes.

—Alicia regresa junto a su hermana y la observa angustiada.

—Te juro que me gustaría olvidarlo pero no puedo, Chava no me deja: cada que lo miro, sobre todo cuando me sonríe, tengo la impresión de que estoy viendo al tipo —Artemisa levanta la cara—: Porque sonreía, ¿sabes? Sí, todo el tiempo mientras me...

—Entonces ¿es por eso? —despacio, como si temiera asustarla, Alicia se sienta al lado de Artemisa y le insiste—: ¿Es por eso?

—¿Qué? —pregunta Artemisa sin comprender.

—Que maltratas al Chava —Alicia rehuye la mirada de su hermana—: Pobre, ¿qué culpa tiene él de que odies a su padre?

—Te equivocas. Lo reprendo porque se porta mal —la voz se le oye serena pero la forma en que Artemisa se retuerce los dedos indica un sentimiento contrario. Le digo: "No hagas esto, no te rías así", y lo hace. Ayer, por ejemplo. Regresé de la fábrica bien cansada, con un dolorón de cabeza. Me dio coraje que Chava no hubiera lavado ni un vaso. Le dije que si creía que por hacerlo iba a volverse vieja, y ¡se rio!

—Se le haría chistoso; es un niño.

—No, lo hizo porque sabe que me revienta. ¡Hasta en eso es como su padre! Se le parece cada día más y no puedo resistirlo. Aunque quiero, no logro controlarme. Lo insulto, lo golpeo y él llora y me dice que no lo trate así, que me ama —Artemisa se cubre la cara con las manos—: ¡Igual que su padre! Ya parece que lo oigo: "¿No te gusta, nenita? Entonces sonríe para que yo sepa que estás contenta con mis caricias. ¿A poco no son ricas?".

–No sigas con eso, olvídalo —suplica Alicia.

–Trato, pero en cuanto veo a Chava todo vuelve a suceder.

Artemisa se muerde los labios para frenar el llanto. Alicia le oprime la mano en un intento de expresarle que comparte su pena. Luego se apoyan una en la otra y lloran en silencio. El grito de un repartidor ahonda la fatiga de Artemisa. Se deja caer sobre la cama y mira el techo. Al cabo de unos segundos Alicia le pregunta en qué piensa.

–En Chava —sonríe. Qué nombre fui a ponerle: *Salvador*.

–Es muy bonito.

–Pero ese niño no es mi *salvador*. Al contrario, lo veo como mi condena...

–No digas eso de tu hijo. Piensa en todas las mujeres que darían cualquier cosa por ser madres.

–¿Como yo, nomás porque a un tipo asqueroso se le antojó violarme? —Artemisa se incorpora de golpe. No lo creo; bueno, no sé, ya no sé nada. Sólo quiero morirme.

–¿Y tu hijo?

–Solito sería mucho más feliz. Imagínate: sin que nadie lo insulte ni lo maltrate. Ese pobre niño merece una vida mejor.

–Si lo sabes ¿por qué no se la das? Salvador es el menos culpable de lo que sucedió.

–Me lo digo todo el tiempo pero de repente no puedo controlarme y por eso me odio. Ay Licha, me odio tanto —Artemisa observa a su hermana—: ¿Tú me odias?

–Sí, cuando maltratas a tu hijo. Piensa que eres lo único que tiene en la vida y en vez de apoyarlo estás destrozándolo.

–No me hagas sentir peor de lo que ya me siento —Artemisa se levanta y va hacia la ventana. Mira la calle, cierra el puño y tiembla—: Ojalá que Chava se hubiera ido a otra parte, donde a nadie le molestara su sonrisa, la forma de su boca...

–¿Por qué dices eso?

–Porque ahí viene —Artemisa cierra los ojos y aguanta la respiración hasta que la puerta se abre. Alicia sale al encuentro del niño y lo abraza, como si quisiera protegerlo con su cuerpo:

–¿Por qué no te quedaste en la refaccionaria, como te dije? —le murmura al oído. Salvador levanta los hombros, luego va despacio hacia Artemisa y se aferra a sus piernas:

–Perdóname, mamita, ya no lo vuelvo a hacer —la sonrisa del niño desaparece cuando escucha el largo gemido de su madre.

ANITA LA LARGA

Si a doña Paula le preguntan por qué llamó Ana a su hija, responde: "Porque es un nombre cortito". Demasiado tal vez para una muchacha que mide un metro con ochenta centímetros. Luce su estatura las raras ocasiones en que se atreve a ponerse de pie. Entonces su madre le recuerda que puede caerse y sufrir un desvanecimiento capaz de poner en peligro su vida: "Y mi pobre corazón ya no podría resistir otro dolor tan grande".

Doña Paula se refiere a la muerte de *sus hombres*. El primero en fallecer fue don Efraín, su esposo. Medía dos metros y en su pueblo, El Progreso, no fue posible hallar un ataúd a su medida. Entonces su hijo mayor, heredero de su nombre y de su oficio, tuvo que hacerle uno a marchas forzadas.

Cuando la viuda se mudó a la capital con su descendencia no imaginó las pérdidas que sufriría. Pero al menos tuvo la facilidad de adquirir catafalcos adecuados para enterrar los restos mortales de sus hijos: todos extremadamente guapos y altos.

La señora intentó llenar el vacío que dejaron esas muertes. Cubrió las habitaciones de su
casa —hasta la fecha inconclusa— con imágenes
de bulto de santos, mártires, apóstoles y arcánge-
les. Ella misma se encargó de bastillar las toallas
con que a diario limpia las caras de las imágenes
sagradas a las que custodian veladoras. Cuando
el viento agita sus flamas, doña Paula cree que
cada parpadeo de los santos es un mensaje enviado desde el cielo.

Descifró el primero la noche en que regresó del
hospital donde Ana estuvo once días. Durante
todo ese tiempo doña Paula se esforzó por explicarse la razón de que Dios se hubiera ensañado
tanto con ella quitándole a todos *sus hombres*. A la
muerte de su esposo siguieron, en riguroso y ma-
cabro orden de edades, los fallecimientos de sus
cinco hijos varones.

A fuerza de repetirse la pregunta doña Paula llegó a una conclusión: tal vez Dios la había des-
pojado de sus hijos para castigarla por su excesivo
placer al mirarlos. Allí la asaltó una inquietud: ¿no
estaría provocando, otra vez, la ira divina al de-
dicarles tantas horas de atención y rezos a los santos que habitaban en su casa?

Prefirió no responder a esa pregunta. La
idea de arrojarlos de sus altares la horrorizó. Imaginó los posibles destinos de sus protectores:
iglesitas de barrio, capillas de orfanatorios. Allí
sus santos quedarían confundidos entre la corte

celestial, sin nadie que tuviese una toalla verde para limpiarle el rostro a san José, una amarilla para san Judas Tadeo, una roja para san Miguel Arcángel, una blanca para san Juan Bautista, una rosada para san Buenaventura, una azul para Santiago Apóstol. En tales condiciones, sus imágenes de bulto terminarían sepultadas bajo capas de tierra, lo mismo que su marido y sus hijos.

Aquella noche, al volver del hospital, doña Paula clavó en la pared las recetas con los nombres, horarios y dosis de los medicamentos que Ana estaba obligada a tomar. Era preciso que se recuperara del accidente en que estuvo a punto de morir por culpa de un chofer ebrio.

Después doña Paula tomó asiento en la silla de tule y desde allí vigiló el descanso de su hija. Una risa incontenible, inoportuna, la sacudió al percatarse de que los pies de Ana sobresalían de la cama. Recordó el dicho de su abuela: "Los niños se estiran con las enfermedades". Esa remembranza la hizo advertir algo en lo que nunca había pensado: "Quizá mi Ana llegue a ser tan alta como sus hermanos". Sintió temor y para disiparlo se puso a rezar.

Una ráfaga abrió la ventana y agitó las flamas de las veladoras. Doña Paula creyó advertir en sus divinos protectores un parpadeo. Se quedó inmóvil hasta que logró traducir su significado. Era la respuesta a la duda mil veces repetida durante su estancia en el hospital: ¿Dios había elegido a su esposo y a sus hijos para llevárselos porque los vio antes que a otros por ser demasiado altos?

Entró una nueva ráfaga. Doña Paula advirtió más parpadeos y los interpretó como un aviso
que tradujo en voz alta: "Anita crecerá tanto como
sus hermanos. Nuestro Señor la verá y tal vez
quiera llevársela para que ella también lo acompañe". En ese instante doña Paula decidió consa-
grar el resto de su vida a esconder a su Anita de los
ojos de Dios. Para ello pidió auxilio a sus santos.

Guardó en secreto su determinación. Durante los
primeros tres meses de convalecencia, doña Paula se limitó a decirle a su hija que, aun cuando se
sintiera recuperada, debía permanecer en cama
hasta nuevo aviso.

Ana no lo resintió porque se vio mimada
por las vecinas que la visitaban por las tardes. Al
principio doña Paula agradeció la atención. Más
tarde se disgustó cuando a las visitantes les dio
por decir: "Anita ya se ve muy bien. Sería bueno
que comenzara a dar sus primeros pasos". En el
momento en que doña Paula quedaba otra vez a
solas con su hija le decía: "Ellas qué saben. Dicen
que estás bien sólo para animarte, pero sigo vién-
dote muy débil. Promete que me obedecerás y te
quedarás en tu cama".

Al cabo de otras cuatro semanas la muchacha se sintió recuperada y se rebeló. Al verla de pie
doña Paula advirtió lo mucho que su hija había crecido. El secreto temor la obligó a mentir: "Ayer
pasé a consultar al médico. No quería decírtelo,
pero como veo que te levantaste, debo hacerlo:

me advirtió que si sufres una caída quedarás mal de la cabeza".

Ana dijo que prefería la locura a volver a la cama. Su madre la llamó "desconsiderada". Después sintió pena y la autorizó a dar paseítos por los cuartos. A cambio, debía permanecer sentada el mayor tiempo posible en la última silla hecha por don Efraín.

Bajo pretexto de que la conversación fatigaba a su hija, doña Paula prohibió las visitas. Luego, con la excusa de que el sol podía debilitarla, alejó su silla de la ventana. Pensó que la medida era insuficiente para proteger la vida de Ana al darse cuenta de que la muchacha seguía creciendo. Por tanto, cada vez resultaba más visible a los ojos de Dios.

Inquieta por las consecuencias que esto pudiera tener, doña Paula recurrió a otra argucia: le destinó a su hija una silla más pequeña. Según ella, el golpe sería menos fuerte en caso de que sufriera un desvanecimiento. En seguida comprendió que esto tampoco bastaba y dispuso para su hija un rincón del último cuarto. Ana apenas contaba con espacio para extender las piernas y los brazos. Tenía que mantener inclinada la cabeza para no golpearse contra la repisa de los santos.

Doña Paula se horrorizó de ver a su hija sometida a esta tortura. La intranquilidad y el sentimiento de culpa la llevaron a esperar con ansia un nuevo parpadeo de las imágenes sagradas. Cuando lo advirtió leyó en él un mensaje: "Háblale a Ana con la verdad. Dile el grave peligro que corre y que tu pobre corazón no soportaría verla partir tomada de la mano de Dios".

Doña Paula cumplió el mandato. Ana aceptó mantenerse replegada en su escondite. Acaba de cumplir nueve años de encierro. En este tiempo ha aprendido una serie de habilidades: borda, lee, juega, canta. En las noches, sola en su cuarto, Ana mira a los santos iluminados por las veladoras y adivina en sus parpadeos un gesto malicioso. Lo interpreta en un murmullo: "No le diremos a tu madre que sigues creciendo y pronto te irás". Antes de cerrar los ojos Anita la Larga los bendice.

LA LEY DE AZOGUE

Lo he utilizado todo: desde carbonato con limón hasta infusiones, ungüentos, hierbas, polvos solos o combinados. Es inútil: con nada se me quita el olor a medicina y a desinfectante. Me sale del cuerpo, del cabello, de la ropa; a veces lo siento hasta en la comida.

Conforme pasa el tiempo percibo el olor con más intensidad, tanta que a veces me marea. Entonces me acerco a alguna de las compañeras que trabajan conmigo en la farmacia y le pregunto si no le parece que huelo a algo raro. Siempre pone cara de extrañeza y me responde con otra pregunta: "¿Como a qué?". "Pues a medicinas." Se ríe. Dicen que las cápsulas, jarabes, pastillas, sueros y todo lo demás que manejamos no tiene olor. Yo creo que sí: huelen a vejez, a soledad, a muerte.

Tal vez lo pienso porque la mayoría de los que vienen son ancianos. Los descuentos y las ofertas especiales que ofrecemos los atraen como a las moscas la miel. Apenas tenemos una promoción de calcio, laxantes, polvos dentales o antirreumáticos se me ponen los pelos de punta y me entra un frenesí por hacerlo todo más rápido. Mis compañeras me lo agradecen porque disminuyo su carga de trabajo. No lo harían si supieran que tras mi diligencia hay algo más que entusiasmo por servir a la clientela: necesidad de que los viejos se vayan pronto, antes de que me hagan recordar demasiado.

Claro que se van, pero nunca tan rápido como desearía. Algunos tardan en precisar el nombre del medicamento buscado con ansia durante semanas enteras; otros se acodan en el mostrador y sin ningún tapujo hablan de sus males —que sólo empeoran— o de los efectos que obró en ellos cierta pastilla. La mayoría se demora en sacar los billetes arriscados que llevan entre sus ropas. Después casi todos invierten largos minutos en contar las monedas del cambio. Mientras lo hacen no faltan los que elucubren acerca del peso fuerte que circulaba cuando eran jóvenes.

No dudo que estas reflexiones sean una página viva de la Historia. Sin embargo —me avergüenza confesarlo— en cuanto los viejos empiezan a hablar casi no los escucho, sólo ansío que se vayan. Cuando lo hacen procuro no ver las dificultades con que descienden el escalón que separa la farmacia de la acera; trato de no fijarme demasiado en la forma en que se dobla su espalda y me esfuerzo para no imaginarme cuáles habrán sido los colores originales de sus vestidos o sus trajes, hoy siempre pardos.

Esas ropas anticuadas y descoloridas son la otra piel de los viejos. Yo también tengo una: es este olor a medicina que no logro quitarme con nada y en cambio se intensifica con los años.

Por las noches, cuando vuelvo a casa, lo primero que hago es quitarme los zapatos y sobarme los pies. Mantengo los ojos cerrados y recuento los años que llevo en la farmacia: 24. Me gusta hacer operaciones matemáticas con esta cifra. Me permiten saber cómo está funcionando mi cabeza y asegurarme de que asistí a la escuela.

Me cuesta trabajo imaginar que alguna vez tuve ocho, nueve, diez años. Ya desde entonces olía a medicina porque, como hija única, me tocó atender a mi abuela durante su larguísima enfermedad. Se levantaba sólo para que fuéramos a cobrar su pensión. En esas ocasiones ella era como mi muñeca: la sacaba de la cama, la bañaba, la vestía a mi gusto y procuraba elegir el menos viejo y deslavado de sus conjuntos.

La primera vez que lo hice me dijo con un una voz muy alegre, casi juvenil: "Vamos al Banco a recoger mis centavos y después a comprar unas cositas". Cuando una niña oye semejante programa piensa en que irán a una juguetería o por lo menos a una tienda ordenada y limpia con olor a cosas nuevas. No íbamos a ninguna de esas partes, sino a esta farmacia.

Aquí mi abuela actuó como he visto hacerlo a los miles de viejos a los que he atendido durante

24 años: pidió a gritos una medicina. Mientras tanto, yo miraba los frascos llenos de dulces de colores con la esperanza de que se le ocurriera comprarme uno. No digo *muchos* ni *todos*. Digo uno: el más pequeño y barato me habría permitido sentirme niña. Mamagrande nunca imaginó mi deseo.

Salíamos de la farmacia. Mi abuela se quejaba de sus dolores y de los precios, yo iba cargada con una bolsa repleta de cajas de pastillas, gasas, agua boricada, rollos de algodón y, casi siempre, un termómetro nuevo. Aún me fascinan, quizá porque fueron mis únicos verdaderos juguetes. Cuando alguno se rompía me apresuraba a recoger el azogue. No era fácil. La gota ploma era huidiza, al mínimo contacto con mi improvisada cucharilla de papel se convertía en un enjambre plateado. Lo perseguía y trataba de restituirlo a su forma original durante las horas en que mi abuela, delirante, soñaba con su infancia.

No sé cuántos termómetros se habrán roto en los cuatro años que dediqué a cuidarla. No puedo decir cómo fue el entierro, pero sí recuerdo el fuerte olor a medicina que sentí al volver del panteón y entrar en su cuarto. Me pareció espantoso que aquel tufo se prolongara más tiempo que una vida.

Comprendí el significado de la muerte cuando mi madre se detuvo ante la cama que conservaba la forma de mi abuela y dijo: "Pobrecita, jamás volveremos a verla". Esas palabras me causaron un dolor muy grande. No encontré mejor forma de aliviarlo que correr al cajón y sacar el frasquito donde había acumulado el azogue.

Me pareció que ella estaba allí. No fue ninguna locura, después de todo aquel metal inasible había servido para medir su tiempo, los avances y retrocesos de su enfermedad, las altas y bajas de su temperatura, su proximidad o su lejanía de la muerte.

Permanecimos en el cuarto de mi abuela el tiempo necesario para recoger algunas cosas y deshacernos de otras. Luego, sin darme explicaciones, igual que cuando me había dejado allí años antes, mi madre ordenó que empacara mi ropa porque volveríamos a vivir juntas. La idea no me gustó.

En cuanto llegamos a mi nueva casa busqué un lugar seguro para mi frasco de azogue. Lo sacaba del buró los domingos en que mi madre tenía que ir a la terminal donde era empleada. Aquellas tardes, para no pensar en mi soledad y para reconstruir a mi abuela, extendía una hoja de periódico en el suelo y sobre ella desparramaba mi azogue. Pasé muchas horas preguntándome cuál de aquellas minúsculas gotas habría llegado hasta el límite de la línea roja donde comenzaban siempre los delirios de mi abuela, cuál se había estacionado en la pasajera normalidad, cuál descendido hasta los 34 grados que hicieron a mi mamá gritar: "Tu abuela se está muriendo. Corre a la iglesia y pregunta si hay algún padre que pueda venir". No conseguí a ninguno.

Regresé al cuarto a tiempo de ver a mi madre amarrar una venda alrededor de la cabeza de mi abuela. "Para que no se vaya con su boquita abierta", me explicó, y pensé en el celo que ponía durante mis juegos para evitar que una gota de azogue se me escapara. Luego me pidió que fuera al teléfono de la esquina para informarle de lo sucedido a mi tía Eduviges. Llegó con el delantal puesto y los ojos húmedos, como si hubiese querido adelantar el llanto que le correspondía verter sobre el cadáver de mi abuela.

Mi madre y su hermana se abrazaron. ¿Qué hice yo? Saqué mi frasco de azogue y me puse a jugar con él. Allí empezó el intento por recuperar a mi abuela. Pienso en la imposibilidad de hacerlo cuando veo a los ancianos que asisten a la farmacia. También en que pronto llegará el momento de que sea yo quien entre aquí preguntando por una medicina mientras una niña codicie, como yo lo hice hace tantos años, las golosinas guardadas en los frascos.

EL NÚMERO DE LA SUERTE

"Van nueve y faltan siete para que me toque", piensa Nina, mientras hojea la revista deportiva abandonada en el sitio que ahora ocupa. Las imágenes de futbolistas y boxeadores no la seducen y opta por hacer breves operaciones matemáticas apoyándose en los números de los que depende su futuro: "Nueve y siete: dieciséis. Dieciséis entre dos igual a ocho".

Sin darse cuenta, Nina dibuja sobre su falda el número que ha sido siempre clave de su vida: "A las ocho de la mañana entrábamos en la escuela, a las ocho de la noche volvía mi mamá del restorán donde trabajaba de mesera, mi primer sueldo fue de ocho pesos, Alfonso va a cumplir ocho años, Victoria pasó a sexto con ocho de promedio y mi sobrina Anaís tiene ya ocho dientitos". Tras una pausa agrega: "Juan lleva ocho meses sin trabajo".

El recuerdo de su esposo y la frase que una mujer pronuncia al pasar la hacen estremecerse: "Que ya nomás recibirán hasta las ocho de la noche. Lo malo es que ya son las seis". Nina piensa que antes de una hora tendrá que estar frente al encargado de la contratación: un hombre alto y pálido con lentes de armazón dorada.

Hace un buen rato, cuando el tipo salió de su despacho rumbo a los sanitarios, algunas aspirantes intentaron entregarle certificados de estudios y cartas de recomendación. Él las rechazó con una cordialidad fría: "Regresen a su lugar y esperen su turno, por favor". Después de esa aparición el hombre no ha vuelto a salir de su oficina. En dos ocasiones el mensajero le ha llevado vasitos de café.

Fatigada por la tensión de la espera, Nina intenta, otra vez, sumergirse en "La infinita posibilidad de los números". Así se titulaba el artículo que leyó hace meses. Su autor sostenía que jugar con cifras y guarismos es bueno para el funcionamiento general del cuerpo: abate el insomnio, cura los nervios y la mala digestión y frena el deterioro del cerebro que conduce a la *enfermedad de olvido*.

Nina intenta recordar el otro nombre del mal que carcomió los últimos años de su abuela. Antes de conseguirlo, llama su atención el paso decidido con que su antecesora se dirige a la oficina de contrataciones. Cuando escucha el golpe de la puerta al cerrarse, Nina levanta las manos a la altura del pecho y le suplica a san Judas Tadeo que la mujer hable rápido pues sólo así quedará tiempo para que la entrevisten a ella.

Cree que el encuentro con el jefe de contrataciones tiene que darse hoy porque es su día de suerte. Comenzó a creerlo por la mañana en el momento en que se desvanecieron sus temores de un nuevo embarazo. Su optimismo se fortaleció cuando su hermana le habló por teléfono y le aconsejó ver en el periódico el anuncio de la "Feria Empleo-Abierto".

Mientras buscaba el desplegado Nina sumó las letras —"dieciocho"— y encontró en el resultado, otra vez, el número de su suerte. Esto le dio valor para informarle a su marido que saldría en busca de trabajo. La primera reacción de Juan fue negativa. Nina logró modificarla recordándole el infierno en que se había convertido su vida familiar y social desde que ambos quedaron desempleados. Acabó de vencer la resistencia de Juan cuando le preguntó si estaba dispuesto a pasar otro fin de semana tan pavoroso como los últimos. La respuesta fue inmediata: "No".

Nina siguió escuchando el monosílabo mucho tiempo después de que llegó a las instalaciones de la Feria: un galerón dividido con mamparas y techado de lonas desde las que pendían, agitadas por rachas de aire helado, cartulinas estimulantes: "Date una oportunidad", "Tu solución es nuestra solución". Cuando Nina se dio cuenta de que esta última palabra estaba integrada por ocho letras ya no dudó de que allí iba a encontrar la solución a sus problemas.

Nina ve con disimulo el reloj de la mujer que cabecea a su lado: "Veinte para las ocho". Las dos manecillas juntas le recuerdan el camino de la escuela y a su madre acabando de peinarla. La imagen se pulveriza bajo el acento chillón con que una edecana grita su nombre y le indica la entrada a la oficina de contrataciones

Apenas llega al cubículo Nina ve sobre el escritorio un gafete con el nombre de su entrevistador: José Lara. "Ocho letras." Los buenos augurios que encuentra en ese guarismo se desvanecen cuando oye al hombre: "Le advierto que nos queda muy poco pero no perdamos las esperanzas y vamos a ver". El señor Lara revisa a toda velocidad las hojas contenidas en un fólder. Al fin se detiene a releer el último renglón de una página: "Aquí hay algo pero no creo que vaya a interesarle".

Nina alarga la mano para impedir que el señor Lara siga adelante: "¿De qué se trata?". El encargado de las contrataciones, sorprendido por la libertad que Nina acaba de tomarse, le contesta con sequedad: "Atención a un comercio de la Plaza Brigadoon". "La nueva", dice Nina, asaltada por el recuerdo de sus hijos y el último amargo fin de semana.

Lo pasaron precisamente en el nuevo centro comercial. Oloroso a pintura, lleno de ecos, semidesierto, atrajo a decenas de familias que se detenían, con el rostro marcado por el deseo y la frustración, a ver la infinita variedad de ofertas siempre inaccesibles. Contemplar los nuevos modelos de juguetes y los avances de primavera no fue suficiente para satisfacer las aspiraciones de sus hijos. Alfonso y Victoria manifestaron su disgusto sumiéndose en un silencio rencoroso y malencarado.

El regreso a casa fue un infierno dentro del automovilito destartalado. Los niños abrieron las ventanillas cuando su padre se atrevió a encender un cigarro, y luego le pidieron a Nina que apagara el radio si es que pensaba seguir oyendo *esa música*. Después, cuando entraron en la casa y su padre les preguntó el motivo de sus malas caras la respuesta fue contundente: "Es bien aburrido que nos lleven nada más a ver", dijo Alfonso. Entusiasmada por la sinceridad de su hermano, Victoria hizo una propuesta: "¿Por qué mejor no nos quedamos en la casa los domingos?".

La noche terminó mal: los niños perdieron el apetito y el interés por la televisión. Nina y Juan se enfrascaron en una de esas discusiones de las que sólo se puede escapar a través de un sueño pesado y poco reparador.

Nina tiene que esforzarse para entender el discurso del señor Lara, que repite: "El local está bien ubicado, el salario es bueno. El problema está en el horario: viernes, sábado y domingo de las dos de la tarde a las diez de la noche". Nina piensa: "Diez menos dos igual a ocho". Allí está la señal de que el puesto le conviene y esto la hace sonreír.

El señor Lara interpreta el gesto como un rechazo pero mantiene su actitud abierta: "Lo comprendo. Ya se lo explicamos al dueño pero no quiere cambiar de actitud: dice que un negocio como el suyo tiene que ser atendido por mujeres. Desde luego ninguna quiere dejar a su familia el fin de semana y mucho menos los domingos".

Nina repite mentalmente la palabra "domingos" y al mismo tiempo cuenta las letras: son ocho, señal de que debe tomar el empleo y así se lo hace saber al señor Lara. Él asiente complacido pero agrega: "Quiero dejar bien sentado que dos retrasos equivalen a una falta y dos faltas ameritan despido. ¿De acuerdo?". Ella dice que sí y promete que no faltará a su trabajo. "Entonces llene este documento."

Apenas termina de firmar la última página, Nina corre en busca de un teléfono para darle las buenas noticias a Juan. Mientras espera su turno, le cuesta trabajo reprimir su deseo de contarles a quienes pasan por allí que es feliz: tiene trabajo. Aun cuando el salario no es mucho le permitirá satisfacer algunos deseos de sus hijos. A cambio ellos le regalarán su sonrisa.

El señor de las moscas

Si uno pasa junto a Esteban Altamirano es difícil que se lleve un recuerdo de él. Si algún otro intenta rememorarlo fracasa porque no halla ningún rasgo capaz de reconstruir una fisonomía que no atrae ni desentona. Esteban tiene conciencia de ser un individuo gris y lo celebra porque eso le permite pasar inadvertido.

Ninguno de los amigos de Esteban puede considerarse su íntimo. Sin embargo, todos tienen de él una impresión favorable. Le reconocen su capacidad de evaporarse cuando intuye que está de más y de hacerse presente en el momento en que alguien necesita de su ayuda.

Altamirano sabe que lo aprecian aunque siempre esté al margen de las celebraciones de sus compañeros. En la última hora de la jornada, cuando las máquinas y el calor vuelven agobiantes las instalaciones de la enlatadora, Esteban acepta convertirse en blanco de bromas que aligeran el tedio y la fatiga.

Resulta difícil creer que ese Altamirano tolerante sea el mismo que enloquece apenas oye el zumbido de una mosca. El hecho es inusual. En la fábrica hay dispositivos para mantener los más altos niveles de higiene. Por eso cuando los insectos sobrevuelan Esteban se siente otra vez burlado y vencido. La rabia lo convierte en un zahorí de las moscas y en su perseguidor implacable.

Se altera su fisonomía. Los ojos adquieren un brillo morboso, la nariz se afila, la mandíbula se aprieta con el rictus del cazador. Todo esto da pie a nuevas bromas. A los compañeros de Esteban les resulta gracioso que un hombre de actitudes tan mesuradas convierta el mandil y la gorra en armas arrojadizas o aplastantes. En medio de la hilaridad que provoca su comportamiento no falta quien le murmure una advertencia: "Abusado, Altamirano, si llega el inspector te va a fundir".

Esteban no escucha esas palabras porque toda su capacidad auditiva está enfocada hacia el zumbido molesto y provocador que le parece un desafío ante el que no puede retroceder. "Esta vez no", se dice, mientras da manotazos en el aire. En pocas ocasiones logra que su enemiga perezca; por lo general la mosca huye rezumbando.

La derrota sume a Esteban en un sopor del que no logran sacarlo las provocaciones de sus compañeros. Para vengarse de esa indiferencia hoy tramaron una broma fatal: improvisaron un coro de zumbidos que trastornó a Altamirano al punto que se hizo urgente llamar a dos elementos de seguridad. Lo llevaron ante la titular de relaciones humanas, la licenciada Gloria Vallejo.

Tras su afán por saber qué originó la sor-

presiva transformación de Esteban se oculta otro
propósito: cerciorarse de que el hombre pueda
seguir siendo un elemento productivo para la empresa. De lo contrario se lo dirá al jefe de personal
a fin de que tome cartas en el asunto.

Han pasado quince minutos desde que Altamirano entró en la oficina y aún no logra concentrarse
lo suficiente para responder a la pregunta que
formula otra vez la licenciada Vallejo: "¿Qué sucedió? ¿Por qué se alteró tanto?". Esteban es un
hombre gentil, le gustaría decirle la simple verdad: "No tolero las moscas". Pero no puede hablar: se lo impiden las paredes blancas. Desde
que entró en el privado las asoció con el cuarto de
hospital donde murió su madre.

Gloria sabe que muchos trabajadores ca-
recen de vocabulario para expresar sus emociones.
De allí que empiece sus entrevistas con frases que
funcionan como anzuelos. El mecanismo siempre le
resulta eficaz y confía en que así ocurrirá con Altamirano.

"Cuénteme ¿qué tal se lleva con sus compañeros?" Esteban responde con un gesto de impaciencia. La licenciada Vallejo cree haber dado
en el blanco y continúa su interrogatorio: "La convivencia no es fácil y menos después de cierto
tiempo. Eso nos provoca una irritación que a veces no podemos controlar. ¿Está de acuerdo?".

Altamirano levanta la mano derecha y con
ella repite un movimiento descendente mientras

murmura algo que la licenciada Vallejo no logra entender: "Perdón, no le oí". Sonriendo Esteban se explica en el mismo tono de voz: "Que si podría hablar más bajito". Desconcertada, Gloria se lleva la mano al cuello y enlaza los dedos en la cadenita que lo adorna: "¿Le grité?".

En el acento de la pregunta Esteban advierte la inquietud de la licenciada Vallejo. Le gustaría disiparla pero no puede hacerlo, no allí, no en esa oficina de paredes lustrosas en donde —él lo sabe muy bien— tarde o temprano se posará una mosca. Piensa que la triturará apenas la descubra y sin darse cuenta golpea contra su mano derecha la gorra blanca, parte de su equipo de trabajo.

Gloria está habituada a la hostilidad de los trabajadores, sobre todo cuando llegan por vez primera a su oficina. No recuerda haber visto antes a Esteban y considera otro camino para abatir su hermetismo. "¿Lleva mucho tiempo en la fábrica?" "Nueve años." "¿Le gusta su trabajo?" Una gran sonrisa acompaña la respuesta: "Bastante".

El gesto le devuelve seguridad a la licenciada Vallejo. Abre el expediente que tiene al alcance de la mano y tras una rápida lectura pregunta: "Veo que antes se dedicaba al comercio. ¿Por qué abandonó esa actividad?". Esteban levanta los hombros, resignado a que su contestación no sea entendida: "Porque es muy sucia: hay demasiadas moscas por todas partes".

Gloria arquea las cejas y entreabre los labios de la manera en que Altamirano supuso que lo haría. Vuelve a reir y se dispone a terminar su explicación cuando suena el teléfono.

La licenciada descuelga el receptor. Esteban se levanta dispuesto a salir de la oficina pero Gloria se lo impide con un gesto. Altamirano toma otra vez asiento y se queda con la cabeza inclinada mientras escucha las respuestas de Gloria: "Te lo dejé sobre el trinchador. Búscalo bien. No puedo esperarte. Estoy en una entrevista. Mejor háblame después. Perfecto. Un beso".

Sin que Esteban se lo pida la licenciada Vallejo le explica: "Era mi madre. Le dejé el recibo del teléfono y ya no lo encuentra. Disculpe". Altamirano siente una repentina simpatía hacia Gloria: "No se preocupe. También mi madre me llamaba para cosas así...". "¿*Llamaba*?", subraya la licenciada para no referirse a la muerte, pero Altamirano lo hace: "Va para diez años que falleció". "Lo siento."

Esteban levanta la cabeza y mira el techo: "Ya sufría demasiado". "Debe resultar muy duro no poder evitarlo." Altamirano no escucha las palabras. En su cabeza vuelve a oír el zumbido de la mosca que revoloteaba sobre la cama donde su madre dormía la tarde en que murió.

Sentado en una silla, Esteban velaba el descanso de la enferma. De pronto escuchó el zumbido de una mosca a la que intentó alejar de un manotazo. El movimiento, lejos de asustarlo, avivó la energía del insecto que sobrevoló el lecho y luego se posó en los pliegues de la sábana blanca, como si supiera que allí estaba a salvo.

Inmóvil, Esteban continuó vigilante, decidido a perseguir a la mosca apenas remprendiera el vuelo. Así lo hizo, pero su urgencia de cazador lo volvió incauto y al levantarse tiró la silla. El golpe despertó a su madre. Ella pronunció su nombre. "Aquí estoy", respondió Altamirano mientras iba tras el insecto que en un rápido giro voló al techo. Allí se quedó quieta. Esteban retornó al lado de su madre: "¿Me llamaste?". La mujer no respondió. Había muerto mientras su hijo perseguía una mosca. Antes de gritar Altamirano volvió a oír el asqueroso zumbido.

AQUEL

En la capilla ardiente sólo permanecen las mujeres. Hace rato que los hombres las dejaron solas para irse a montar guardia en la entrada de la funeraria o recorrer las calles próximas. Están seguros de que *aquel* aparecerá en cualquier momento porque a estas horas no faltará quien le haya dicho que Berenice murió ayer, que ya le hicieron la autopsia y desde hace un buen rato descansa en su ataúd.

Algunos hombres decidieron ampliar su rondín hasta la salida del metro. Saben que *aquel* ya no tiene el vochito y que, si viene directamente de la casa, tendrá que bajarse en la estación Hidalgo. Y entonces ¿qué? Su captor lo agarrará por las aletillas de la camisa, lo obligará a mirarlo de frente y le dirá: *¿Ya ves lo que hiciste, cabrón?* Será suficiente para que *aquel* entienda que Berenice está metida en una caja gris por obra suya —lo dijo la autopsia: estallamiento de vísceras— y tendrá que pagar por su brutalidad, aunque sepan que con eso no le devolverán la vida a Berenice.

Reconocen que el hecho de que haya sido su mujer no autorizaba a *aquel* a destrozarla como si fuera la mesita que estrelló contra las ventanas una tarde en que se le subieron las copas y las sospechas. *Se me hace que te estás burlando de mí. Se me figura que saliste a revolcarte con otro. No sé por qué presiento que me chingas la feria cuando me ves borracho.*

Aquel sospechaba todo el tiempo. Lo saben muy bien los hombres que un día les ordenaron a sus esposas no ponerse a defender a Berenice y hoy montan guardia a la entrada de la funeraria, decididos a interceptar a *aquel* antes de que pueda subir a la capilla ardiente. Allí sería capaz de armar un escándalo, sin importarle que Berenice ya no pueda oírlo ni suplicarle que por favor no grite, que guarde compostura, que tenga comedimiento con las demás personas.

En cuanto se quedaron solas en la capilla las mujeres se preguntaron cómo reaccionará *aquel* cuando sepa lo ocurrido después que salió de la casa sin fijarse en la inmovilidad de Berenice, sin oír sus quejidos, sin notar el temblor de la mano en el desesperado intento de aferrarse a la pata de un sillón. Conociéndolo, las rezadoras tienen motivos para temer que *aquel* suba a trancos la escalera de granito, que se dirija sin titubeos a la capilla destinada a Berenice —*aquel* siempre ha tenido un olfato especial para descubrirla en sus escondites— y la insulte porque se encuentra *allí* sin su permiso o por no estar levantada.

Así lo hizo un día en que regresó intempestiva-
mente de un viaje: eran las cinco de la tarde cuando *aquel* entró en su casa y descubrió a Berenice
en la cama. *¿Qué no oíste que ya llegué? Órale, güe-
vona, levántate a darme de comer.* Fue inútil que ella
le señalara el sitio de sus dolores, le describiera
cómo le daba vueltas la cabeza. Luego, más que
inútil, resultó contraproducente que le pidiera autorización para quedarse en la cama otro rato: *Sólo
unos minutitos, mientras me compongo.*

La súplica bastó para sumar a la contrarie-
dad de *aquel* nuevas sospechas. Furioso, apartó las
sábanas de un manotazo. Como si quisiera empe-
queñecerse, Berenice dobló las piernas salpica-
das de moretones. Al descubrir las marcas, *aquel*
se preguntó quién habría dejado tales huellas en
su mujer. Antes de contestarse sospechó traicio-
nes y convirtió su furia en golpes que no cesaron
ni cuando Berenice invirtió sus pocas fuerzas en
recordarle que había sido él.

Berenice sabía cuál era el precio de decir una
verdad que no fuera la que su marido esperaba.
Por instinto se cubrió la cabeza con las manos. Su
frágil escudo no le impidió escuchar la voz re-
pentinamente serena de *aquel: Si te acuerdas de que
fui yo, también serás buena para acordarte de que si te
golpeé fue porque me diste motivo. Dime: ¿tengo razón?* Berenice asintió, pero no fue suficiente: a
aquel le gustan las palabras completas, las cosas
claras. Se lo recordó a su mujer y ella, temblorosa

de fiebre y de miedo, le respondió: *Dije que sí*. Luego, como pudo, se levantó y se fue directo a la estufa. Antes de encenderla cerró la ventana para evitar que las vecinas pudieran *darse cuenta, oír algo*.

Al día siguiente *aquel* salió temprano de la casa. Les dio los buenos días a las vecinas y cuando tropezó con la portera le encomendó mucho a Berenice. Le dijo que al salir de viaje se iba preocupado por lo que pudiera sucederle a su señora mientras la dejaba *solita*. La portera apenas logró contener su asombro cuando *aquel* se le acercó al oído para explicarle sus razones: *Mire, si entra en la casa un desgraciado ladrón y se lleva mi tele, mi estéreo o mi ropa, no me importa; lo que me preocupa es que Berenice quiera impedir el robo y de coraje el tipo le dé un mal golpe o la mate*.

La portera maldijo aquella conversación que le había devuelto tantos recuerdos tristes, todos relacionados con los gritos de Berenice: *No quiero seguir viviendo así, no quiero. Díganle que me mate, díganle que acabe conmigo de una vez. Por favor ayúdenme, ayúdenme...*

Las exclamaciones de Berenice se oían en el patio donde las mujeres, asustadas, se miraban unas a otras, preguntándose en silencio si debían o no intervenir, llamar a la patrulla, derribar la puerta que Berenice había golpeado tantas veces, cuando *aquel* se iba y en castigo la dejaba encerrada. ¿Por qué? Si Berenice o alguna de sus vecinas hubiera tenido el valor de preguntárselo, *aquel* de seguro habría contestado vaguedades. Esta vez será distinto.

En cuanto alguno de los hombres lo detecte —*segurito que viene en metro*— *aquel* deberá responder a muchas preguntas. Tendrá que hacerlo después de que comprenda la frase que al principio lo desconcertará: *¿Ves lo que hiciste, cabrón?* Desde luego, antes de interrogarlo, su captor deberá mantenerse alerta para impedir que la furia de *aquel* se transforme en espumarajos que le salgan por la boca, como ayer en la tarde.

Después de dos semanas fuera, *aquel* volvió a su casa y al no encontrar a Berenice fue a buscarla con sus vecinas. Cuando les preguntó si habían visto a su esposa, todas mintieron. La satisfacción de haber burlado al energúmeno se derrumbó en cuanto lo vieron dirigirse a la azotea. Iba escupiendo maldiciones y espuma, tan decidido a encontrar a Berenice que al instante la descubrió metida en el tinaco —se había refugiado allí cuando un sobrino llegó a decirle: *Aquel* está tomado. Ya viene para acá.

Otro hombre, en idénticas circunstancias, habría preguntado algo para explicarse la rara conducta de su mujer. *Aquel* simplemente se entregó a sus sospechas. *¿Por qué te escondes, perra? Haz de haber hecho algo malo. Me lo vas a decir, aunque tenga que sacártelo a patadas.*

Sin atender a las súplicas, *aquel* tomó a Berenice por los cabellos. La obligó a salir del tinaco sólo para golpearla. Siguió haciéndolo mientras descendía la escalera y después de que entraron en la casa. Mientras los gritos de Berenice escapaban libremente por las ventanas, su cuerpo permaneció indefenso, atrapado entre las paredes y la furia de *aquel*. Luego Berenice se desplomó y ya no tuvo fuerzas para levantarse, ni siquiera cuando alcanzó a escuchar la orden: *Levántate. Te estoy diciendo que te levantes. ¿Qué esperas?* Ya no se oyó nada más. El silencio duró apenas unos minutos, hasta que resonaron los pasos de *aquel* en dirección al zaguán.

Las mujeres que ayer dudaron otra vez si debían o no intervenir en favor de Berenice, hoy rezan ante su cadáver deshecho. Los hombres que ayer les repitieron a sus esposas la prohibición de meterse en pleitos ajenos, hoy acechan a *aquel*. Están decididos a atraparlo, a llevarlo entre todos hasta la capilla ardiente para decirle allí: *¿Ves lo que hiciste, cabrón?*

AQUÍ TAMBIÉN NOS MATAN

Margarita va y viene por el cuarto como si una fuerza extraña le negara el reposo. Sólo descansa por segundos, cuando la atrapa algún desorden doméstico que en otras circunstancias le pasaría inadvertido: un calcetín junto a la pata de la cama, una toalla húmeda que produce mal olor.

La mujer acompaña su actividad con un murmullo, también incontenible, que no deja hablar a su hijo Alfredo. Desde que terminaron de comer el muchacho ha esperado la oportunidad de comunicarle su proyecto. Son las seis de la tarde y aún no lo consigue porque Margarita, en cuanto adivina su intención, le sale al paso con algún comentario. "No debemos quejarnos: la lluvia nos acabó las cosechas, pero no llegó hasta aquí la inundación que a Zoila le mató a sus cuatro hijos."

Impresionado por la noticia, Alfredo murmura: "Pobre Zoila". Margarita siente alivio por alejarlo de los pensamientos que lo mantienen cabizbajo y al acecho. "Zoila estaba esperanzada de que nomás anduvieran perdidos, pero hace rato vinieron a decirle que habían encontrado los cadáveres en El Potrero. Ésa sí es desgracia. No le alcanzarán lágrimas para llorar a sus hijos."

Margarita se persigna y continúa: "Si para la noche no ha vuelto tu padre, tendrás que acompañarme a darle el pésame a Zoila". Alza la toalla húmeda y va a extenderla en el pretil de la ventana. Esto le permite mantenerse de espaldas a su hijo. Su instinto le dice que no debe mirarlo ni exponerse a que él adivine sus temores; su precaución es inútil. Alfredo aprovecha el silencio para decirle: "Ya lo pensé bien: mañana me voy con Serapio y con Joaquín".

Para fingir que no ha escuchado, Margarita se asoma al camino fangoso y solitario. No escucha pasos sino los latidos acelerados de su corazón. "Mamá: le estoy hablando. ¿Qué mira para allá?". Margarita decide mentir y se vuelve hacia su hijo: "Se me figuró que venía tu padre. No estaré tranquila mientras no regrese. ¿Qué me estabas diciendo?". Alfredo aprieta los puños antes de contestar: "Que mañana me voy".

❧

La madre y el hijo ocupan los extremos de una mesa donde hay varias tazas de peltre y un quinqué. Margarita lo contempla: "Cuando yo era chica así nos alumbrábamos. Nunca me imaginé que al cabo de los años volvería a ser igual". Alfredo no parece haberla oído y sigue desbastando un trozo de madera con su cuchillo de monte.

"Vamos para atrás", agrega Margarita atraída por el revoloteo de una polilla. Alfredo levanta el brazo para ahuyentarla pero su madre se lo impide: "Déjala: es de las que anuncian carta". Apenas termina la frase se arrepiente de haberla pronunciado y finge reir: "Estoy loca. Gracias a Dios nadie de la familia anda lejos". Alfredo deja en la mesa el cuchillo y el trozo de madera. "Mamá: ¿no oyó lo que le dije? Me voy al norte con Serapio y con Joaquín."

Las palabras de su hijo le recuerdan a Margarita las mariposas que cazaba de niña para meterlas, aún revoloteantes, entre las hojas de su cartilla de lectura. Ahora ella también se siente deshecha, asfixiada y sin escapatoria. Hace un último intento por cambiar la situación:

"¿Quieres irte mañana aunque tu padre no haya vuelto? Deberías esperarte a que regrese. Si llega y no te encuentra, ¿qué le digo?" Alfredo golpea la mesa: "Que me fui, y ya". Margarita se vuelve severa: "¿Sin su bendición?". Alfredo echa medio cuerpo sobre la mesa: "Con que usté me la dé, vale por dos... Digo, si es que me bendice de buena gana".

En medio de la penumbra, Alfredo adivina los esfuerzos de su madre para no llorar. Se levanta a consolarla, se arrodilla y le acaricia las manos: "¿Le parece mal? Dígamelo". Margarita adopta una actitud indiferente: "¿Para qué? Ya tomaste tu decisión".

Alfredo se incorpora y vuelve a sentarse frente a su madre, en la misma actitud con que, de niño, la escuchaba explicarle el catecismo. "Usté sabe cuánto me importa saber lo que piensa. Siempre le he pedido su opinión". La angustia vuelve implacable a Margarita: "¿Siempre? ¿Y entonces por qué hasta hoy me entero de tus enjuagues para irte?". Alfredo habla con tono condescendiente: "Compréndame. No me atreví a decírselo antes porque me imaginé que la haría sufrir... Y no sabe cuánto me duele no poder evitarlo".

Margarita se recarga en el respaldo de su silla: "Y a mí, no poder impedir que te vayas. Si quieres, hazlo. ¿Qué me gano con tenerte aquí si vas a estar a disgusto? Ya estás grande y comprendes las cosas. Tú sabrás si nos dejas ahorita, con la situación tan difícil como está". Para ocultar su desconsuelo, se pone de pie y se encamina hacia la ventana. Mira el cielo oscurísimo y a lo lejos, en la casa de Zoila, ve un mechero encendido: "Bien dicen que Dios castiga sin palo y sin cuarta. Cada vez que encontraban a un muchacho ahogado o muerto me ponía contenta de que no fueras tú. Poco me duró el gusto. Ve lo que me pasó...".

Alfredo corre hacia su madre: "No diga eso. ¿Qué no ve que me esta echando la sal? No estoy muerto, sólo me voy; pero ya sabe: me los llevo a ustedes en el corazón. Volveré, le juro que volveré".

Conmovida por las palabras de su hijo, Margarita lo abraza: "Tengo miedo: los que se van al norte jamás vuelven. Eso es peor que si se murieran porque uno nunca sabe". Él la estrecha con más fuerza: "Madre, si deveras me quiere, no me diga eso".

Amanece. Margarita se remueve en la silla donde se quedó dormida. Abre los ojos y ve a su hijo de pie junto a la cama: "¿No te has acostado?". Alfredo sigue dándole la espalda: "Tenía que arreglar mis cosas. Usté duérmase otro ratito. Yo la despierto cuando me vaya".

El muchacho adivina el efecto que sus palabras causan en su madre. Decide ignorarlo y sigue doblando su ropa hasta que escucha de nuevo la voz de Margarita: "¿Estás decidido a irte?". Alfredo responde con un movimiento de cabeza. Margarita se levanta, se ordena las ropas y enciende el quinqué. Su luz baña el cuchillo de monte y el trozo de madera desbastada. "¿Qué ibas a hacer con eso?" "Un barco", responde Alfredo.

"Siempre pensando en irte", murmura Margarita. Alfredo va a contestarle pero ella lo obliga a guardar silencio: "Deja que te ayude con tu ropa. Mientras, toma el garrafón y tráeme agua para que te haga nescafé. No quiero que te vayas con el estómago vacío". Alfredo se dispone a obedecer cuando escucha otra vez la voz de su madre: "Prefiero no pensar en la cara de tu papá cuando vea que no estás. ¿Qué te cuesta esperarlo?".

"Mucho: perderé tiempo y es lo único que tengo. No hay nada más. Las cosechas se arruinaron, todo el campo está inundado." Margarita abriga una última esperanza que la vuelve optimista: "Las aguas bajarán en seis o siete meses...".

Alfredo estrella el garrafón contra el suelo: "Y mientras qué haremos: ¿vivir de caridad?". Margarita no se da por vencida: "Pero cuando las aguas se retiren podrás volver al campo...". El muchacho sonríe con amargura: "Y me darán, por ocho horas de fregarme en el campo, cincuenta pesos, menos los cinco del refresco... Eso es lo que pagan en Estados Unidos por una hora de trabajo. ¿Ve la diferencia?".

La madre mira a su hijo: "Allá a los mexicanos los persiguen, los insultan...". Alfredo pretende hacer una broma: "Como no entiendo inglés, por mí que me la mienten". Margarita se acerca y lo toma por los hombros: "No es cosa de juego: a muchos los han matado a palos". Alfredo responde: "Aquí es igual: también nos matan, sólo que de hambre".

JUEGO DE CARTAS

Ya no puedo ocultar las cartas. Desde luego podría mentir y decirle a Daniel cuando regresa del trabajo: "Perdona, no llegó nada". Como nunca miento, él tendría que creerme. Yo, en cambio, le he perdido la confianza. No le creo cuando me dice que su correspondencia con la señora Ana es un acto de caridad —"No podría quitarle su única ilusión a esa pobre mujer"— porque sé que es mucho más.

Varias veces he sentido el impulso de escribirle a la señora Ana para explicarle lo que nos está sucediendo por su culpa. No lo he hecho porque también pienso en ella. Privarla de las cartas equivaldría a ponerle una pistola en la sien y asesinarla. No quiero destruir a nadie, ni siquiera a la persona que está acabando con Daniel.

No exagero: su vida, como la de Ana, también depende de esas cartas. Él lo niega, pero es inútil. Veo cómo le tiemblan las manos cuando le entrego el sobre. Descubro sus pretextos para leer a solas. Hay noches en que se va al garaje con la excusa de que olvidó algo en el carro. Se tarda en volver el tiempo que le toma la lectura.

Adivino el contenido de la carta por la expresión de Daniel: soñadora, triste, alegre, excitada. Me resulta difícil aceptar que una mujer de casi ochenta años, como la señora Ana, pueda provocarle a mi esposo tantas emociones cuando yo, por más esfuerzos que hago, no logro despertárselas.

A veces creo que él no me mira, no siente mi calor en la cama, no me escucha cuando le hablo porque está en otra parte. Es horrible saber que voy desvaneciéndome mientras que la señora Ana es cada día más visible, más fuerte. Sus cartas ocupan un espacio muy pequeño —el último cajón en el escritorio de Daniel— pero invaden toda nuestra casa.

🦂

Me tortura pensarlo: pude evitarme todos estos problemas si el día en que llegamos a vivir aquí hubiera tirado la caja donde encontré las cartas dirigidas por Ana Casares al doctor Eloy Camargo. Tuve curiosidad pero dominé la tentación de leerlas, tan arraigada me quedó la enseñanza de mi padre: "Nunca se escucha detrás de la puerta y jamás se lee una carta dirigida a otra persona". Sin embargo, postergué deshacerme del hallazgo.

Con el ajetreo del cambio lo olvidé hasta que volví a tropezar con la caja. Le hablé a Daniel de su contenido y él se encogió de hombros. En ese momento debí tirar los sobres manchados de humedad, igual que las otras cosas que encontramos: un tomo acerca de los hábitos y enfermedades de las tortugas, periódicos muy viejos, fragmentos de libros de poesía. Todo eso lo eché a la basura. Quién sabe por qué no hice lo mismo con las cartas. En todo caso, pretendí hacerlo demasiado tarde.

Una mañana, cuando iba a poner la caja en una bolsa de plástico, encontré, confundido entre el montón de recibos y anuncios, otro sobre de Ana Casares dirigido a Eloy Camargo. La remitente ignoraba la muerte del doctor que vivió en esta casa antes que nosotros. Me entristeció imaginarla esperando una respuesta que jamás llegaría.

Durante la cena le hablé a Daniel de mi inquietud y le pregunté si no deberíamos enviarle a la señora Ana una nota para darle la mala nueva. Mi marido estuvo de acuerdo, pero me costó mucho trabajo convencerlo de que personalmente se encargara de ponerle punto final a la correspondencia.

Daniel tomó el sobre y lo abrió de mala gana. "¿Vas a leer la carta?" Sin responderme, empezó su lectura. Al verlo tan absorto sentí curiosidad: "¿Qué dice?". "Nada. Tonterías de vieja." "¿Cómo sabes qué edad tiene esa señora?" "Porque habla de que está a punto de cumplir ochenta años", me contestó mientras se encaminaba a la puerta. "¿Adónde vas?" "Al garaje: olvidé unos papeles en el coche." Ahora sé que fue un pretexto para releer la carta a solas.

Por la mañana Daniel prometió escribir la

nota de condolencia en cuanto llegara a su oficina. "No la hagas demasiado fría", le supliqué. En respuesta, mi esposo me preguntó por la caja de las cartas. "La puse en una bolsa de plástico. Hoy viene Chabela para hacerme el aseo. Le diré que la tire a la basura."

Más tarde, cuando le di la orden, mi sirvienta me preguntó: "¿Cuál caja?". Malhumorada, fui a buscar la bolsa de plástico pero no la encontré. "A lo mejor usted ya la tiró y no se acuerda", dijo Chabela. Acepté su explicación a reserva de preguntarle a Daniel, cuando volviera del trabajo, si había visto la caja. Pero al fin me abstuve: no quise concederle más importancia al asunto.

Lo recordé semanas más tarde al encontrar bajo la puerta otro sobre rotulado por Ana Casares. Quizá la persistencia se debiera a un retraso del correo. Cuando se lo dije a mi esposo él me confesó que no había tenido el valor de darle a Ana la trágica noticia y que por lástima —repitió varias veces: *sólo por eso*— le había escrito una carta como si él fuera el doctor Camargo.

Confirmé mis sospechas: Daniel había tomado la caja para leer la correspondencia y al hacerlo había cometido una doble profanación: "Esas cartas estaban dirigidas a otra persona que, además, ya murió. ¿Por qué lo hiciste?". Daniel se explicó de prisa: "Para saber en qué tono le hubiera contestado el doctor Camargo a Ana. Comprende: era importante hacerlo si quería lograr que ella no se diera cuenta de nada". "¿Y crees que lo conseguiste?"

La respuesta me la dieron las cartas que han seguido llegando. Cuando se demoran Daniel se angustia. Si la tardanza se prolonga, mi marido se pone irritable y hasta agresivo. La última vez fue tal su desesperación que me tomó por los hombros y me hizo jurarle que no estaba ocultándole la carta: "¿No comprendes que esa mujer se mantiene viva sólo por la esperanza de tener respuesta?".

En la noche me pidió disculpas, me dijo que no se explicaba lo que le estaba sucediendo. Entonces le exigí revelarme lo que dicen las cartas de Ana. "No puedo —me respondió. Nada más te diré que son hermosísimas." "Las tuyas deben de serlo también, puesto que Ana continúa escribiéndote como si fueras..." Mis palabras me llenaron de miedo. Me arrepentí de haberlas pronunciado cuando vi la expresión de mi esposo.

Permanecimos mucho tiempo en silencio hasta que Daniel me abrazó. Sentí que era otra a la que estrechaba. Me solté a llorar. "¿Qué pasa? ¿Por qué te pones triste?" Respondí con una frase que le había oído decir a Daniel: "Nada, tonterías de vieja". Nos reímos y él propuso que abriéramos una botella de vino. Era como una reconciliación. Después de todo en los últimos tiempos habíamos estado lejos uno del otro: yo aislada en mis temores, él hundido en las cartas de Ana.

Llenas las copas, le pedí a Daniel que brindara. Me urgía saber que era por nosotros. Se levantó del sofá y dijo: "Por ti, querida Ana. Por tu cumpleaños y porque juntos celebremos muchos más". Daniel me tomó de las manos y confesó que si algo le daba sentido a su existencia era recibir mis cartas. Luego suplicó que no dejara de escribirle porque —como Ana— *él también* moriría si le faltaban. Esa noche hicimos el amor como nunca antes.

CIEN AÑOS

La música de una estación romántica se enturbia, como siempre que se modifica el voltaje. Del ángulo destinado a las planchadoras surgen al mismo tiempo dos voces: "Urbana...". La aludida suspende su tarea, levanta un brazo y le da un golpecito al viejo aparato RCA que le dejó encargado Marcelino, hace ya muchos años.

Otra vez nítida, la música se mezcla a los bufidos de las planchas de vapor que operan Inés y Rigoberta. Sólo Urbana, sitiada por metros de tul blanco y encaje, continúa inmóvil, mirando a la distancia, con la aguja entre los dedos.

—Acuérdate que doña Mabel no paga horas extras. ¿Quieres velar o qué te pasa?

La pregunta de Inés saca a Urbana de su arrobamiento:

—Ya ni me lo digas... Me quedé así porque se me figuró que todo lo que pasó ahorita ya lo había vivido antes. De chica me sucedía a cada rato, según mi madre por la desnutrición —Urbana advierte el desinterés de sus compañeras y sigue aplicando la última cenefa de encaje en un vestido de novia.

La música se distorsiona otra vez. Sin que nadie se lo indique, Urbana golpea el radio con más fuerza que antes.

—Aguas, tía; no le suenes tan duro porque si no cuando venga el dueño a recoger su aparato vamos a entregarle el puro cascarón —Inés enfatiza sus palabras con una mirada maliciosa.

—Ése ya no vuelve —contesta Urbana.

—¿Qué, el radio no es suyo? —Rigoberta se vuelve a Inés—: Como veo que lo cuida tanto y nomás ella le mete mano...

—Pues te equivocaste. Es de un tipo que ya no va a regresar —aclara Urbana terminante.

—Oye, Inés ¿y ella por qué está tan segura?

—Ah, pues porque aquí la tía cree que lo sabe *todo*.

—No todo, nada más algunas cosas, entre otras que Marcelino jamás volverá.

—Bueno, ya; ¿quién era Marcelino? —Rigoberta hace memoria—: Ése a mí ya no me tocó.

—Pero a ella sí —el acento suspicaz de Inés inspira la protesta de Urbana:

—Te equivocas, mi reina. Si contigo se mandó es cosa tuya porque lo que es conmigo, jamás —Urbana intenta disimular una sonrisa.

—¿Y a poco no te arrepientes? —insiste Inés.

—¿Van a decirme quién era Marcelino? —exige Rigoberta.

—Uno que nos reparaba los maniquíes —contesta Urbana sin levantar la vista.

—Cuéntale bien las cosas porque si no, quién sabe qué se imaginará —Inés descubre la emoción

de Urbana y, conmovida, se vuelve a Rigoberta—:
Fue su novio y se me hace que hasta más...

Rigoberta se para en jarras:

—Mírala, qué calladito se lo tenía.

—No tengo por qué andarle contando mis
cosas a todo el mundo. Además, ni creas que me
tenía tan loca.

Inés desconecta la plancha, le hace un gui-
ño a Rigoberta y luego se dirige a Urbana.

—¿No? A ver, dime: ¿qué harías si en este
momento llegara el Marcelino y te dijera: "Vine
para que pasemos juntos el fin de año, de siglo y
de milenio"?

Urbana deja su labor y se lleva las manos
a la cabeza:

—¡Correr a esconderme! Estoy horrible.

—¿Pero por qué dices eso? —Rigoberta sigue observando a la encajera mientras rellena el
depósito de agua de su planchadora.

—Porque tengo ojos y me veo —Urbana levanta las manos—: Mira qué dedos. Pegando
metros y metros de encaje, la aguja me los comió;
y luego, toda arrugada... No me gustaría que
Marcelino me viera así. Mejor que me recuerde
como me conoció hace veinticuatro años. Entonces al menos era joven.

—Ay, Urbana, el tiempo corre igual para
todos. Bajita la mano el Marcelino andará por los
cincuenta.

—No. Tiene menos. Era más chico que yo;
en marzo cumplo los cuarenta y siete —Urbana per-
cibe el asombro de sus compañeras. A ver si la

dueña no me corre, porque ya cuando uno tiene esta edad...

—La señora Mabel no come lumbre. Entiende muy bien que para encontrarse una costurera como tú le va a sudar el copete. Es más, si yo fuera ella estaría pensando en cómo hacerle para retenerte —afirma Inés con orgullo.

—Doña Mabel sabe que no necesita hacer méritos conmigo porque yo quiero mucho este taller. Después de todo, aquí he pasado la mayor parte de mi vida —Urbana entrecierra los ojos—; llegué cuando estaba cumpliendo los quince ¿se imaginan?

—Yo encontré esta chamba por el periódico. A usted ¿quién la trajo? —pregunta Rigoberta.

—Mi mamacita. En aquel tiempo, no es que tuviéramos más volumen de pedidos, sino que como todo el vestido se hacía completamente a mano pues el trabajo era mucho más. Mi mamá pidió permiso de traerme como su ayudante. Ésa fue la explicación que dio, pero con el tiempo me di cuenta de que no quería dejarme en la casa con mi padrastro. El hombre estaba bien guapo y mucho más joven que ella. La pobrecita sufría de celos por eso.

—Como que las vidas se repiten, ¿no creen? —dice Inés.

—Pues un poquito, al menos en el caso mío y de mi madre, sólo que entre nosotras hubo una diferencia. Con todo y que las mujeres de antes estaban mucho más amoladas que nosotras, ella sí se atrevió a casarse con el que era más joven mientras que yo no.

–¿Se arrepiente, Urbana? —en espera de
la contestación, Rigoberta se instala sobre unos
rollos de tela.

–A veces, pero ya qué me gano.

–¿Te puedo hacer una pregunta sin que te
molestes? —Inés ve asentir a su amiga—: ¿Se-
guiste trabajando aquí con la esperanza de que
Marcelino volviera?

–No sé. Al principio lo hice por el recuerdo de mi madre. Claro que ella murió mucho antes de que llegara Marcelino. Luego, ya sabes, lo
conocí a él y por el gusto de estar cerca, me quedé
sin imaginarme que se iría.

–¿Sabes lo que no le perdono a ese tipo?
—Inés se acerca y puede percibir el olor a tela
nueva—: Que se largara sin decirte nada.

–No eres justa con él: a su modo, me lo dijo
—Urbana se vuelve a mirar el radio. Ya parece
que lo oigo la tarde en que vino a despedirse:
"Tengo que ir a la Merced por un material que me
está haciendo falta y no quiero llevarme mi aparato, no sea que en la bola me lo roben. ¿Se lo encargo?".

–Qué bonita despedida —murmura Inés
con ironía. Urbana no la advierte y sigue hablando:

–Le dije que se fuera sin pendiente. Él iba
saliendo pero se regresó de la puerta y lo encendió: "A lo mejor tocan la que nos gusta: 'Cien
años'. Si la oye, acuérdese de mí".

–¿Eso fue todo? —pregunta Rigoberta, in-
crédula.

–Sí, y lo peor es que cada vez que oigo esa canción me acuerdo de él y hasta parece que lo veo salir por esa puerta.

Para reanimar a Urbana, Inés asume una actitud juguetona:

–Pues ya libérate. Los cien años de este siglo se acabaron. Cambio y fuera. ¿Qué les parece si terminando adelantamos en alguna parte el brindis?

–Ay sí, vamos haciendo algo bonito porque esta historia me apachurró el alma —Rigoberta toma un vestido y lo dobla—; Urbana, cambie de estación, a ver si encuentra algo bien alegre.

En cuanto Urbana gira el botón se escucha la voz de un locutor: *Y ahora, en el recorrido por nuestro panorama musical, ¿qué les parece si escuchamos al gran Lucho Gatica? Va a interpretar, como sólo él sabe hacerlo, un bolero de todos los tiempos: "Cien años". ¡Felicidades a todos!*

Agua salada

Ignoro cuánto tiempo caminé por la playa con el paquete bajo el brazo. Sé que iba tan de prisa como me lo permitían el calor y la arena. Deseaba huir de las familias, de las parejas, de los vendedores que endulzaban el aire con el aroma de sus golosinas. Cuando escuché el pregón del paletero sentí deseos de acercarme a él y preguntarle desde cuándo estaba allí y si había sido cliente suyo un joven alto, moreno, con un mechón blanco cayéndole hasta el lóbulo de la oreja izquierda.

Por fortuna no cedí a mis deseos. El paletero me habría dicho: "A diario pasan por aquí infinidad de personas. Muchas se detienen a comprarme. Trabajo de prisa y no veo sus caras, a menos que me hagan conversación. ¿Cuándo me dice que *ese joven* anduvo por aquí?".

Cómo explicarle que mi hermano Danilo había estado en Veracruz muchos meses antes. Al mismo tiempo que cumplió sus dieciocho años realizó su sueño de conocer el mar. Además, era imposible saber si Dany había estado precisamente en esta parte del malecón. Conociéndolo, es mu-

cho más probable que se hubiese refugiado en alguna playa lejana, donde pudiera oír las olas sin
que nadie malinterpretara su arrobamiento.

Seguí caminando sobre la arena húmeda.
Cada remesa de olas dejaba un saldo de conchi-
tas, piedras porosas, maderos, algas que se enre-
daban en mis pies, cangrejos diminutos que con
sus patas trazaban una escritura indescifrable.
Me detuve a mirar las huellas. Las interpreté como
un mensaje que mi hermano me enviaba desde
una doble profundidad: el mar y la muerte.

La idea me recordó las tarjetas postales
que me mandó Danilo. Llegaron con dos días de
diferencia, una semana después de que lo sepul-
tamos. La primera vino de Puebla. Era apenas un
saludo: "Nos vemos pronto. Cuídate". En la bre-
vedad del mensaje, en la letra descuidada, adiviné la prisa del viajero que antes de remprender el
camino sólo tiene libres unos minutos. ¿Cuántos?
No importa. Fueron casi los últimos.

La segunda tarjeta era de Veracruz. La
ilustraba un paisaje marino con gaviotas: "Ya lo
conocí. Es más precioso de lo que me imaginaba.
Me gustaría que estuvieras aquí". En la firma una
mancha desdibujaba el punto de la *i*. Pensé que
sería el sudor y cerré los ojos para imaginarme la
gota deslizándose desde la frente de mi hermano
hasta la punta del mechón blanco que lo hacía tan
parecido a mi abuelo.

A mi tía Benita, que se encargó de criarnos, le encantaba descubrir cómo aquella semejanza se iba acentuando en el rostro de mi hermano con el paso del tiempo. Esta evidencia le autorizaba para vaticinar que al cabo de los años Danilo tendría el mismo carácter del abuelo Santiago. Aún recuerdo su tono convencido: "Cuando tengas sesenta años serás gruñón, maniático y muy enamorado".

Benita aludía a un futuro que jamás iba a suceder. Empezó a cancelarse mucho antes de que sostuviéramos aquellas conversaciones: en la época en que ella estaba encargada de la Biblioteca Sámano del Prado.

Era un cuarto blanco con cuatro mesas, ocho bancas y cinco anaqueles. Me parecían inmensos, quizá porque lo ocupaban muy pocos libros: vidas ejemplares, una enciclopedia anticuada e incompleta, antologías de poetas tenaces y desconocidos, textos escolares y un volumen encuadernado en piel: *Nuestros litorales*. En sus páginas Danilo descubrió los mares. Me parece verlo acodado sobre la mesa, mirando los mapas donde el ilustrador había puesto franjas blancas, arriscadas, que simulaban la danza de las olas sobre la arena.

Danilo era cuatro años menor que yo. Él, que siempre había querido involucrarse en mis juegos, perdió todo interés cuando descubrió las posibilidades de hacer viajes imaginarios por las páginas de *Nuestros litorales*. Al principio simulé alivio —"¡Qué bueno que por fin me dejas en paz!"—, pero después aquella separación me inquietó. La angustia se convirtió en pánico una noche en que mi hermano me confesó sus propósitos: "No se lo digas a tía Benita, pero en cuanto pueda me iré a recorrer todos los mares". Me daba cuenta de que aquello era un imposible, pero aun así quise saber si en el proyecto de Danilo estaba yo.

Cuando me supe excluida de sus planes, el rencor me convirtió en una persona abominable: le informé a Benita de las aspiraciones de mi hermano. Mi tía reaccionó como imaginé: de inmediato le prohibió a Danilo el contacto con *Nuestros litorales*, le exigió un mejor rendimiento en la escuela y le advirtió —cosa que nunca había hecho— que no estaba dispuesta a seguir sacrificándose para, a final de cuentas, verlo convertido en un vagabundo sin oficio ni beneficio. Aunque mi hermano y yo volvimos a la vida de *antes*, ser niños dejó de ser divertido.

Pensé que Danilo había renunciado a sus sueños. Comprendí mi error años más tarde, cuando, obligado por Benita, mi hermano terminó la secundaria. Le entregó el diploma a mi tía. Ella lo recibió con devoción. Su dicha duró muy poco. De inmediato Danilo nos informó que dejaba para siempre la escuela: "Buscaré un trabajo y con lo que ahorre, no importa cuánto me tarde, me iré a conocer el mar". Mi tía quedó petrificada. Su silencio era el eco de su desencanto. Miré a Danilo con la esperanza de que esta vez me hubiera incluido en sus planes. Por la forma en que me tocó la mejilla comprendí que no lo había hecho. En la caricia presentí una despedida.

Danilo no pudo ver cumplida su ilusión. Sin presupuesto ni visitantes, las autoridades municipales decidieron cerrar la biblioteca. Benita me pidió que la ayudara a empacar los libros. Sentí un placer oscuro cuando guardé en una caja de cartón *Nuestros litorales,* pero antes no resistí el impulso de ver por última vez los mapas que habían seducido a mi hermano. Abrí el libro. Apenas pude contener un grito: de las ilustraciones sólo quedaban los huecos. Me asaltó una sospecha. La comprobé hace unas semanas, cuando decidí enfrentarme al mar y despedirme para siempre de Danilo.

La muerte de Danilo nos sumió en el dolor a Benita y a mí. Las dos hemos tenido que esforzarnos mucho para encontrarle un sentido a la vida. El trabajo nos salva de la depresión. Mi tía atiende de la mañana a la noche el tallercito de costura que montó en lo que era nuestra sala. Yo me dedico a mis discípulos. Me encanta ver cómo van descubriendo las cosas. Me emociono hasta las lágrimas, sin que ellos comprendan el motivo, cuando estudiamos geografía y los veo maravillarse ante la riqueza de *nuestros litorales.*

Este abril, antes de salir de vacaciones, les pedí a mis alumnos que, de regreso, narraran su experiencia en dos páginas. Josué Pavón escribió un texto muy bello acerca de su encuentro con el mar y me entregó un regalo maravilloso: un caracol. Me lo acerqué al oído. En los ecos que guarda del mar creí advertir la voz de Danilo. Entonces tomé una decisión.

El sábado, aprovechando que Benita se fue a entregar unas composturas, entré, por vez primera, desde su muerte, en el cuarto de Danilo. La clausura, el encierro y el calor habían creado un ambiente muy especial. Tuve la sensación de hallarme en una pecera. Un rayo de sol iluminó el ropero. Lo abrí.

La ropa de Danilo seguía colgada. Me costó mucho trabajo decidirme a tocarla. Lo hice despacio, como si fuera a disolverse con mi tacto. Sentí algo áspero en la bolsa de una camisa y hundí la mano. Encontré, bien doblada, una ilustración de *Nuestros litorales*. Lo mismo sucedió cuando revisé el resto de los bolsillos. Extendí sobre el piso las páginas brutalmente cercenadas del libro y me senté a mirarlas, como lo habría hecho Danilo, en ese mismo cuarto y también en secreto.

Ya muy noche metí las ilustraciones en un sobre y decidí arrojarlas al mar. Lo hice este mediodía. El sobre flotó unos segundos. Cuando desapareció tuve la sensación de ver a Danilo otra vez niño, acodado sobre la mesa de la biblioteca, contemplando absorto la belleza de *Nuestros litorales*.

A ESCENA

Me paso todo el tiempo diciéndoles a los viejos que no se desanimen, que no es la primera ocasión que se nos avecina una tormenta ni será la última. Si superamos la anterior —y eso que no teníamos experiencia— no veo motivos para presentir un fracaso. Lo malo es que algunos dudan de mis buenas intenciones, creen que sólo busco mi provecho. Mentiría si dijera que no me importa conservar mi vivienda, pero Dios sabe que me significa tanto o más que los abuelos puedan seguir aquí.

La primera vez que les pedí su colaboración a los ancianos lo hice porque no quedaba otro remedio. O lo hacía o nos íbamos todos a la calle. No es el momento de pensar lo que habríamos sufrido en tal caso. Ahora lo importante es convencerlos de que si una vez salimos vencedores, lo haremos de nuevo. Estoy de lo más optimista. Los viejos no. Se han pasado los últimos días deprimidos. A cada momento suspenden el trabajo y me preguntan: "¿Se imagina cómo viviré sin Fulanita, sin Zutanito?". Claro que lo imagino pero no lo digo; al contrario, me vuelvo inflexible y les recuerdo que apenas nos queda tiempo para los ensayos.

❓

No soy presumido pero la verdad es que salvamos el primer conflicto gracias a mi ocurrencia. Se me prendió el foco cuando supe que corría el mismo peligro que los viejos: verme en la calle de la noche a la mañana. Primero me puse a mentar madres, pero luego entendí que así nada más perdía lo único que me quedaba: tiempo. A los ancianos ni eso. Aquel maldito lunes —lunes al fin— me lo dijo una voz interior: "Cástulo, acuérdate de lo que te han confesado estos viejos: prefieren matarse antes que abandonar esta casa porque ya no tendrán tiempo para construir en otra parte el cachito de vida que les resta". Ese pensamiento fue la chispa que provocó un incendio. En un instante visualicé toda la escena, de pe a pa. Sólo me faltaba convencer a los asilados para que me ayudaran. Lo conseguí dándoles una sopa de su propio chocolate: actuando.

❓

Aquel lunes cambió mi vida y por eso lo recuerdo todo: el cielo gris, las hojas cayendo de los árboles, la expresión severa con que el administrador me dijo que el nuevo propietario de la casa quería *darle otro uso al inmueble*. La frase me cayó en los huevos y no lo disimulé, pero el asqueroso de Fideo —así apodábamos al idiota aquel— sonrió como si le valiera madres mi disgusto. Luego me dio la puntilla: "Le aconsejo que usted también vaya buscándose otro lugar dónde vivir. Por lo pronto, hable con *esta gente*, tranquilícela, dígale que le daremos tiempo. En una semana regresaré a decirle cuánto, pero será únicamente lo necesario para la mudanza y la reinstalación de los viejos. Cástulo, no me mire así: tiene que haber un lugar donde puedan meterse". Acompañé a Fideo hasta el zaguán pero ni siquiera me despedí de él.

La mente es prodigiosa y terrible. De la puerta a la sala de convivencias donde me esperaban los viejos, imaginé mis únicas perspectivas: pedirle albergue a mi madrina Concha —vieja sucia, si cree que no recuerdo lo que me hacía de niño, se equivoca—, o convertirme en el hermano pródigo de Esther. Llegué a la conclusión de que lo único menos malo que esas dos posibilidades era el suicidio. Esa palabrita me hizo clic. Recordé lo que una vez me había dicho don Lucio: "Cuando me salgan con que van a echarme de aquí, me les adelanto, agarro mi yilet y me corto las venas. Total, es mi navaja y yo puedo hacer con ella lo que se me dé la gana, hasta mocharme los huevos si quiero". La verdad, nunca he sido amigo de las mutilaciones, así que pensé en darle un mejor empleo a la yilet de don Lucio en caso de que él aceptara colaborar en el plan que se me ocurrió en ese momento.

🕊️

Creo que a fuerza de tantas decepciones y dolores, los viejos presienten las malas noticias. Desde que apareció Fideo en el asilo, los abuelos adivinaron que algo desagradable iba a suceder. Mientras el administrador y yo dábamos vueltas en el patio, los ancianos fueron concentrándose en la sala de convivencias, donde nos reunimos siempre que hay algo importante que discutir.

Nunca antes de aquella mañana se nos había presentado un ultimátum. Mientras pensaba qué iba a decirles a los abuelos decidí suplantar la palabra *desalojo* por otra menos aterrorizante: mudanza. Cuando me imaginé frente a los abuelos, diciéndoles: "Tendremos que mudarnos de este *inmueble*", me sentí tan miserable como debía sentirse Fideo en aquellos momentos, así que opté por la claridad.

Al recordar, comprendo que aquella mañana se me pasó la mano: me fui derecho a don Lucio —siempre al lado de Carmina— y le pregunté si estaría dispuesto a usar su yilet. Sorprendido, el viejo cerró los puños, y gritó: "¿Acaso te estás burlando de mí?". Me pregunté en qué obra de teatro habría adoptado el anciano aquella actitud que me obligó a retroceder y provocó el suspiro de Carmina. Ah, vieja maravillosa. No me explico que los directores de su tiempo le hayan dado apenas dos o tres papelitos, y siempre en obras de Alejando Casona, cuando merecía encarnar a los grandes personajes. Lo sé porque aquí nos dio una casi-viuda absolutamente memorable. Confío en que lo hará de nuevo.

En fin, la mañana de aquel lunes, luego de que Lucio prácticamente me retó a duelo, les expuse a los viejos la situación, pero exagerando un poco: "El nuevo dueño quiere levantar aquí unos condominios. Mandó decir que esto no es beneficencia. El próximo lunes nos echarán a todos". Hice una pausa. Escuché desahogos y protestas, luego continué: " Sí, nos pondrán de patitas en la calle... a menos que podamos evitarlo".

"¿Cómo?" preguntaron todos. En vez de responder, elucubré: "¿Qué sería de nosotros lejos de esta casa? Morir o algo peor...". Carmina tomó la palabra: "A ese maldito —naturalmente se refería a Fideo— ¿qué puede importarle eso?". Le contesté que nada, mientras no lo viera. Don Lucio depositó un escupitajo en su pañuelo antes de preguntarme cómo lograríamos semejante cosa. Le contesté: "Representando la muerte, haciendo que Fideo vea las posibles consecuencias de su acción". Las miradas brillantes me inspiraron para seguir con mi discurso: "En el teatro suceden las cosas que pasan en la vida. ¿Por qué no hacerlo al revés?". El aplauso de los ancianos me indicó que habían comprendido mi plan.

Aquélla fue la semana más feliz de nuestra vida. Salvo pequeños accesos de envidia y el pleitazo que tuve con don Lucio para que renunciara a declamar *últimas palabras* —lo convencí inventando nombres de famosísimos actores del cine mudo— nada enturbió la dicha de aquellos días. Los pasábamos en el cuarto del viejo, afinando detalles: la posición de su cabeza, el abandono de su mano rozando el piso, las manchas de sangre en las sábanas.

Carmina no me dio ningún problema: sola eligió el sitio en donde se hincaría a llorar el suicidio de su amante secreto —aceptó de buena gana asumir ese papel, aunque nos juró que entre ella y Lucio sólo existía una vieja amistad— y la forma en que pensaba mostrarle a Fideo la navaja ensangrentada sin decir ni media palabra. El resto de los asilados aprobó la escena y mi intervención: cuando Fideo quisiera reportar el suicidio, le diría que todo había sido una representación de lo que pensaban hacer los viejos ante el desalojo.

Obtuvimos un éxito rotundo. Fideo se fue maldiciéndonos, y durante siete meses no volvimos a tener noticias suyas ni del nuevo dueño. Pensamos que nos había olvidado hasta que, de pronto, el jueves, apareció un nuevo administrador. Antes de que comenzara a hablar todos sabíamos lo que iba a decir. Por supuesto lo despedí en el zaguán y enseguida corrí a la sala de convivencias, donde estaban los viejos. Los encontré ansiosos, listos para un nuevo ensayo.

LIMPIOS DE TODO AMOR

Nilda toma la minigrabadora y la contempla con miedo y simpatía. Agita la cabeza para sacudirse los temores que la agobian. Al cabo de unos instantes, se acerca el aparato a los labios, oprime el botoncito y comienza a grabar:

Luis: me conoces mejor que nadie y sabes que soy de lo más obsesiva. Son las seis de la mañana, ni siquiera me he acostado. Pasé la noche pensando en el libreto. Sentí ganas de llamarte para oír tu opinión. Lo harás cuando nos veamos, hoy en la noche o mañana. De todas formas, decidí grabar mis propuestas porque temo que se me olviden. No es que sean importantísimas ni mucho menos, pero creo que funcionan.

Nilda suspende la grabación y retrocede la cinta. Oír su voz le disgusta porque en sus palabras se adivina el miedo. No se engaña: teme que Luis encuentre estúpidas sus propuestas o crea que piensa adueñarse del proyecto. Rápido, adelanta la cinta y retoma su idea:

Hago un paréntesis. Lo que voy a decirte no tiene nada que ver con el libreto sino con nosotros. Escúchame bien: mis propuestas son sólo eso y estoy de-

cidida a modificarlas si no estás de acuerdo. Ya te dije
que anoche sentí varias veces la tentación de llamarte
para pedir tu punto de vista, pero me resistí. Conste:
me debes una chela.

Nilda suspende otra vez la grabación. Le
gusta lo que dijo porque suena informal y tiende
un lazo para regresar al punto en que su intimidad con Luis se fracturó. Un golpe en el pecho la
pone sobreaviso del peligro y continúa:

Creo que la escena debe desarrollarse en un café.
Es menos formal que un restorán y muchísimo menos
que la casa de ella. Pensé en llamarla Sombra, pero me
pareció pretencioso. Opté por lo más simple: Teresa.
Elige el nombre del personaje masculino. Mientras tan-
to para mí será Él.

Nilda ve parpadear la lucecita de su minigrabadora: otra vez olvidó cambiar las pilas. Corre al mueble donde acostumbra guardarlas. Mientras revuelve en los cajones monologa:

—Nunca te lo diré, pero cada vez que pienso en el personaje masculino lo llamo por tu nombre: Luis. Quizá porque desde hace años ocupas
mi vida entera; a veces, cuando estoy conversan-
do con otros hombres, sin darme cuenta, les digo
"Luis". Se ponen nerviosos: "¿Perdón?". Finjo de-
mencia y les hago creer que sólo dije "Sí". Eso los
tranquiliza —Nilda se ordena el cabello para hacer
menos agobiante la búsqueda de las pilas. ¿Dónde
las dejé? Con un demonio, lo único que me falta es
que me dé Alzheimer antes de que haya vivido lo
suficiente como para olvidar algo menos estúpido que el lugar donde guardé las pilas. ¡Aquí están!

Nilda levanta las baterías como si fueran trofeos. Cuando las pone en la grabadora nota que le tiemblan las manos. Otra vez no se engaña: la alteró referirse a sus sentimientos por Luis. No lo hacía desde la fiesta de fin de año. A mitad de un brindis ella se atrevió a preguntarle: "Luis: ¿qué significo para ti?". Él le lanzó una sonrisa ambigua. A la hora de las felicitaciones la abrazó y le dio su respuesta: "Eres una mujer a la que amo y a la que considero mi mejor amiga". Nilda disimuló su desilusión y se atrevió a ir más allá: "Luis, te quiero tanto... ¿No lo sabes?". Él soltó una carcajada brutal. "Carajo, claro que lo sé; pero siempre da gusto oír que alguien diga esas cosas."

※

Nilda siente frío en los pies descalzos. "Me quedé dormida", murmura en tono de disculpa. Se pone el suéter que dejó colgado en la silla y de nuevo hace funcionar la grabadora:

Teresa ocupa la última mesa del café. Mira el reloj: pasan veinte minutos de la hora fijada para la cita. No quiere darle importancia a esa falta de caballerosidad. Saca de su bolsa un cuadernito y comienza a escribir. No sé qué, pero tiene que hacerlo como si se tratara de algo muy importante, de modo que cuando Él llegue interprete su gesto sombrío como resultado de su concentración y no como un reproche por su tardanza.

Nilda se frota los ojos irritados por el desvelo y continúa:

Teresa se alegra cuando al fin aparece Él. Es tal

*su emoción que no da tiempo a que su amigo se excuse
por la demora y es ella quien pide disculpas. Allí empieza el monólogo. El actor que interprete a Él tiene
que ser buenísimo. Sus reacciones, sus gestos, a lo mejor hasta su inmovilidad, serán sus respuestas a las
confesiones de Teresa. A lo largo de la obra Él sólo dirá
palabritas aisladas y al final una frase.*

Nilda sonríe, pero sus ojos están arrasados
en lágrimas:

*Luis, espero que estés de acuerdo en que la pri-
mera parte del monólogo sea muy confusa. Son hilos
sueltos que Teresa arroja sobre la mesa del café, segura
de que Él tejerá con ellos una red para no caer al vacío.
¿Qué te parece esto?*

Cambia de posición, cierra los ojos y adopta
la voz de Teresa:

*Por favor, perdóname por haberte hecho venir.
Te juro que si no me hubiera sentido tan mal... Tuve
miedo de mí, de estar sola. No es algo que haya sucedido hoy. Viene de hace mucho tiempo y no puedo más:
necesito tu ayuda. ¿Me entiendes, verdad?*

Nilda interrumpe la grabación. Toma una
hoja de papel y anota la última frase. Luego se lleva la minigrabadora a los labios:

*Luis, sería bueno que en ese momento Él la in-
terrumpiera con una frase anodina: que pida Cande-
rel, una botellita de agua o algo pequeño pero mucho
más importante que lo que Teresa le está diciendo. Ella
se queda como suspendida en el aire, con un gesto que
significa la más jodida sensación de derrota. Él no se da
cuenta, gira la cuchara en la taza y produce un tintineo alegre, navideño. Off the record: imaginé a Bing*

Crosby cantando "Blanca navidad". En aquella fiesta de fin de año a la que fuimos la tocaron mil veces. Cada vez que la oigo...

Nilda se cubre la boca con la mano y al mismo tiempo apaga la grabadora. Une las manos a la altura del pecho y repite, como si se tratara de un rezo: "Soy una cretina. No puedo estar llorando por Teresa y por *Él* cuando sé que no existen. Los estoy inventando para que aparezcan en una obra que tendrá como fondo musical la voz de Bing Crosby".

El recuerdo subyuga a Nilda. Como una autómata oprime el botón y reinicia su monólogo:

Teresa está muy emocionada. Repite que se ha sentido mal, cada día peor. Él hace un gesto que ella interpreta como pregunta y se explica: "Estoy así desde aquella noche en que me dijiste que me amabas como a tu mejor amiga. Me solté llorando". Alguien dijo: "Se le subieron las copas. Acompáñala a su casa". Bendije esa voz. Me dejé arrastrar a tu coche y allí cerré los ojos orando para que me llevaras a alguna parte. Lo hiciste: entramos en un café.

Nilda se inclina aún más sobre el escritorio:

Por fortuna, sólo recuerdo el lugar y no la calle donde está; de otro modo habría regresado mil veces para deshacer mentalmente aquella noche y construir otra en la que no te hubiera dicho tantas cosas. ¿Las recuerdas? No creo; es más, no sé si las oíste. Sólo veías de reojo a las muchachas que entraban en el café limpias de todo amor. Fingí no darme cuenta y hablé de mis cosas. Terminé exhausta, pero levanté la cabeza, como un perro que espera ser gratificado por una mo-

nería. Mi recompensa fue tu comentario breve y preciso: "Caray, chaparrita, como que andas medio deprimida". Luego pediste la cuenta y por tu celular, un taxi. Protesté, pero no porque te estuvieras tomando esa molestia sino porque... ¿Tengo qué explicártelo? El caso es que te di las gracias y me salí a la calle. Dijiste otra frase inolvidable: "Conste que me dejas muy preocupado". Seguí caminando.

Nilda hace otra anotación: "Seguí caminando". Después agrega junto a la grabadora:

Así tiene que terminar la obra. Podría llamarse Limpios de todo amor *o* Los mejores amigos. *Decídelo tú.*

SIETE GEMIDOS

"Aunque parezca increíble: veintitrés minutos invertidos en la lectura de cinco noticias aparecidas la misma semana en la sección 'Estrujante', cambiaron la historia de una mujer condenada a la peor de las miserias: la soledad."

Lila se aleja y observa las líneas que acaba de escribir en su cuaderno. Está segura de que concentran su historia pasada y presente, pero algo la inquieta sin que pueda precisarlo. Mientras busca la explicación juguetea con sus gafas. Las lleva colgadas al cuello con una cinta de popotillo, pero se las cala nada más cuando se encuentra sola en su vivienda: sala-comedor, pasillo, baño, una cocina improvisada en lo que fue una despensa. Se resignó a invertir la mayor parte de su pensión en el pago de la renta apenas vio la recámara con sus dos enormes ventanas.

Antes de iniciar la nueva etapa de su vida fueron su único observatorio hacia el mundo. Era común que los transeúntes, en especial las mujeres, se detuviesen a felicitarla por disfrutar de semejantes ventanas. A cambio del amable comentario

Lila les recitaba la historia de la casa: "Es del siglo XVIII. Sus primeros dueños fueron unos portugueses de apellido Pontes. El último heredero se la dio como regalo de bodas a su hija y el yerno acabó perdiéndola en una partida de baraja. No se cómo habrá llegado a manos del actual dueño. Nunca está en México. El administrador es el que hace y deshace. Convirtió los cuartos en viviendas y dejó que en el patio se instalara una imprenta. Es molestísimo porque todo el santo día entran desconocidos".

Este ejercicio oratorio le permitía a Lila el único placer de su vida: saberse escuchada. Aquilató el valor de esa experiencia durante los días que mediaron entre la lectura de la última noticia horripilante —"Solitaria mujer victimada en su casa por feroz asesino..."— y su decisión de llamar al maestro carpintero. Don Genaro parpadeó desconcertado cuando Lila le dijo por tercera vez: "Necesito que clausure las ventanas. Vivo sola y, como están las cosas, no quiero que un ladrón se meta para robarme los tres centavos que tengo".

Lila se refería a los mil doscientos pesos de su pensión. En la realidad una miseria, pero una auténtica fortuna comparada con el monto de los robos que habían motivado la muerte de cinco mujeres, solas como ella, descrita con no menos salvajismo en la sección "Estrujante".

El maestro Genaro hizo el trabajo de mala gana. Lo molestaban menos los fastidiosos regateos de Lila que sus remordimientos. Desde su taller se había percatado de lo que significaban para su clienta esas ventanas; tapiarlas lo convertía en su carcelero. Para librarse del estigma se le ocurrió una idea: "Permítame dejar abiertas las ventilas. Subida en una sillita podrá asomarse por allí para seguir recortando al vecindario".

Lila no le concedió importancia a la genialidad del carpintero, sólo la aceptó. Desde el día siguiente, y a lo largo de muchas semanas, se le vio asomada a las ventilas, indiferente al asombro y las burlas de quienes, al pasar, descubrían a gran altura del suelo una cabellera entrecana enmarcando un rostro consumido por la miseria y taladrado por cosméticos baratos.

Lila relee por enésima vez las líneas que escribió. Encuentra la explicación de su incomodidad cuando tropieza con la palabra "condenada". Le recuerda el acento con que su madre le explicó en el templo del Carmen, hace muchísimos años, el significado de las llamas que atenazaban y al mismo tiempo protegían la desnudez de varias figuras femeninas: "Las lenguas de fuego significan que esas pobres almas están condenadas". Un escalofrío la recorre y le sugiere la palabra "sentenciada".

"Mejor, muchísimo mejor", dice Lila. Se pone de pie y relee las cuatro líneas. Son el comienzo de un relato. Piensa enviarlo a la sección "Lo Insólito. Lo Real". Aparece los sábados en el tabloide que ella lee ávidamente. Allí ha encontrado historias fantásticas, pero ninguna tan extraordinaria como la suya.

Suena el despertador. Lila hace un gesto de impaciencia porque la alarma le recuerda sus obligaciones de las cinco de la tarde. Abandona su cuaderno y corre hacia el tablero donde cuelgan siete llaves. Elige la que está bajo el nombre de Ricky. Duda unos instantes, hace un cálculo mental, y toma otra: "De una vez me paso por Blondy; le toca a las seis. La dejo tranquilita en su casa y me regreso a escribir. No puedo desvelarme porque a las siete de la mañana me espera Aníbal y con ése, imposible retrasarse un minuto porque se vuelve loco".

Lila entra en su casa y se olfatea la ropa. Dice con repugnancia: "Ya no vuelvo a tirarme en el pasto con Ricky. Tiene un olor tan fuerte...". Se quita el suéter y lo cuelga en el tablero de las llaves. Lo analiza: "Vamos a ver a quién tengo mañana: primero Toto, después Electra y más tarde Loli. ¡Qué amor de criatura!".

Un coro de cláxons la sobresalta. Su curiosidad por saber qué ocasiona el estruendo es superior a la fatiga y corre a subirse en su silla. Asomada por la ventila mira un congestionamiento de automóviles. De pronto se le ocurre comprarse uno. Eso le permitiría ampliar su negocio y atender solicitudes que le llegan de muchos puntos de la ciudad: "Y sin anunciarme", murmura, orgullosa de recordar que sus buenos servicios le están granjeando cierta fama. Decide que con esa frase terminará su colaboración espontánea para el tabloide.

Lila abandona su observatorio y vuelve a la mesa donde está su cuaderno. En las primeras páginas tiene escritos los nombres de sus clientes, los horarios de servicio y el monto de los pagos; en la última, las cuatro líneas que escribió en la mañana: "Aunque parezca increíble: veintitrés minutos invertidos en la lectura de cinco noticias aparecidas la misma semana en la sección 'Estrujante', cambiaron la historia de una mujer sentenciada a la peor de las miserias: la soledad".

"¿Y ahora cómo sigo?" La risa de una pareja que cruza frente a su puerta le recuerda las noches que se pasaba mirando, a través de la ventila, cómo iba aquietándose la calle hasta que al fin sólo la transitaban miserables y perros callejeros. Muchas veces se vio reflejada en su hambre y su abandono.

Todo cambió la tarde en que llegó a ocupar los cuartos vecinos un hombre acompañado por un perro. Oyó al animal gemir por la mañana, desde que su amo lo dejó solo. Cuando lo vio arañar desesperado la ventana buscando una salida, Lila se sintió identificada con el animal. Sus vidas eran idénticas, estaban igualmente solos y ansiosos, aunque ella por lo menos disponía de su observatorio. Esa explicación no la dejó satisfecha y pensó en hacer algo para cambiar las cosas.

Vio la oportunidad un domingo en que coincidió con su vecino en el estanquillo. Entonces se atrevió a reclamarle su crueldad con el animal. El hombre se impacientó: "No opine si no sabe: yo adoro al Benny; pero comprenda; trabajo en el Estado. En la mañana no me da tiempo de sacarlo y en la noche regreso muerto".

Lila se sintió avergonzada y trató de explicarse: "Pues sí, pero entienda lo que siento cuando oigo llorar a su animalito sin poder ayudarlo. ¿Verdad que me comprende, señor...?". Él se apresuró a identificarse: "Isidro Torres". Luego se despidieron. Lila apenas caminó unos metros cuando él le dio alcance: "Oiga, se me acaba de ocurrir una cosa: ¿no podría encargarse de pasearme al Benny? Desde luego, pagándole el servicio". La perspectiva de un ingreso extra la convenció.

Muy poco tiempo después recibió solicitudes de otros vecinos. Actualmente Lila atiende a siete perros y es feliz de saber que, gracias a ella, en el mundo dejaron de escucharse siete gemidos desde la soledad.

DULCE COMPAÑÍA

–¿Estás dormido?

–No. ¿Quién es?

–Rita —sonríe al escuchar el gruñido con que su padre le responde. ¿Quieres que prenda la luz?

–Quiero que te vayas —responde malhumorado don José.

–Papá: soy yo la que debería estar enojada ¿no te parece?

El viejo no presta atención a las palabras de su hija. Se revuelve bajo la manta a cuadros, se incorpora y toma el despertador que está en el buró:

–Son las nueve —don José entrecierra los ojos—: ¿De la mañana o de la noche?

–De la noche.

–¿Es domingo?

–No, miércoles.

–Entonces ¿por qué estás aquí? ¿Sucedió algo?

Rita comprende que su padre está fingiendo:

–¿Deveras no lo sabes? La señora Olivares

me llamó. Dijo que hiciste una de las tuyas. Me citó a las cinco pero acabo de salir del laboratorio —al ver la sonrisa de su padre hace un gesto reprobatorio—: Papá ¿no te das cuenta? Costó mucho trabajo que te aceptaran aquí. Imagínate si te expulsan.

—¿Estás pensando en mí o en ustedes? —don José abandona la cama—: No es día de visita. Vete. Ya es tarde.

—Le prometí a la señora Olivares que hablaría contigo. Está preocupadísima. Piensa que esta vez fue demasiado. Opino lo mismo.

—¿Tú qué sabes?

—Todo —Rita se aproxima a su padre y le habla en voz baja—: Lo de la cucaracha fue una locura. ¿Por qué lo hiciste?

Don José suspira. Regresa al buró y se pone a darle cuerda al despertador. Rita se lo arrebata y lo asienta furiosa en el mueble.

—Deja eso y contéstame.

—No lo entenderías.

—Lo que no entiendo es lo que hiciste —Rita tiembla—: Me da horror, tengo miedo.

—¿De que me esté volviendo loco? Pierde cuidado.

—No es de gente normal presentarse en el comedor con una cucaracha en una caja y menos ponerse a platicar con ella —Rita se lleva las manos al pecho—: Por lo que más quieras, explícame.

Don José mira a su hija mientras aquilata si debe complacerla o no. Al fin habla con voz titubeante:

—¿Te has dado cuenta de que ya empiezan a olvidárseme las cosas? Menos mal.

—¡Papá, por favor! No cambies de tema.

—Antes presumía de mi buena memoria. La heredé de mi padre. Ahora me alegra estar perdiéndola. Recordar es muy duro, sobre todo cuando no tienes con quién compartir los recuerdos.

—¿A qué viene todo eso?

—Lo sabrías si vivieras aquí.

—¿Estás a disgusto? Es de lo mejor... No será un palacio pero al menos no te falta nada y se ve limpio —Rita se esfuerza para sonar optimista—: Tiene su jardincito y su sala de música.

—La señora Olivares la abre los sábados por la tarde. La acústica es muy buena, lástima que sólo se escuchen ronquidos de mis compañeros —don José hace un gesto despectivo. No sé para qué se levantan, si duermen todo el tiempo, hasta en la mesa se quedan dormidos. Además, todo se les olvida.

—Papá, comprende: son ancianos. No todo el mundo es tan fuerte como tú —dice Rita con cierto orgullo.

—Ése es el problema: por eso me siento muy solo.

Rita pone la mano en el hombro de su padre:

—Perdona que sólo vengamos cada quince días, si por mí fuera...

Don José acaricia la mano de su hija y le sonríe con ternura:

—No lo dije por ustedes, sino por *esto* —don

José Mira en su derredor—: La señora Olivares nos engañó. Dijo que aquí tendría personas de mi edad con quienes platicar. ¿Cómo, si siempre están dormidas? A veces pienso que en este asilo no hay nadie más que yo. Oigo mis pasos en los corredores, hablo con los sillones, con las mesas...

—¿Y las enfermeras? Se supone que una de sus obligaciones...

—¡Nada! Me chocan cuando me dicen "abuelito" o me hablan como si tuviera cinco años. Así ¿cómo voy a conversar con ellas?

—Muchas veces me dijiste que las cosas no pueden ser como uno quiere —Rita consulta disimuladamente su reloj—: Como siempre, ya nos salimos del tema.

—No entiendes nada —don José se dirige a la puerta y la abre—: Se te hace tarde.

—¿Me estás corriendo?

—No, pero me imagino que tienes prisa. Vete, tranquiliza a tu marido, dile que no hay peligro de que vuelvan a tenerme de arrimado en su casa.

—Eres injusto.

—¿Porque digo la verdad?

—Leopoldo te quiere y te respeta. Lo sabes.

Con gesto de resignación, don José vuelve a cerrar la puerta y regresa a la cama. Permanece unos minutos en silencio, luego mira a su hija y le pregunta:

—¿Es domingo?

Rita va a sentarse a su lado y adopta un tono maternal:

–No. Ya te lo dije. Es miércoles. Vine porque me mandó llamar la señora Olivares para quejarse.

–Ah, sí: ¡la cucaracha! Son animales sorprendentes. Leí un artículo... —don José se levanta y se dirige al mueble atestado de revistas.

–Otro día me lo lees —sugiere Rita. Dime ¿qué fue lo que sucedió con la cucaracha?

–La encontré y la metí en una cajita. ¿Qué tiene eso de malo? Tú también manejas insectos en el laboratorio.

–Pero no los llevo al comedor ni platico con ellos.

–Tengo una mesita individual y allí puedo hacer lo que me dé la gana. Además, no la dejé suelta: la puse dentro de un vaso. Me animó verla subir y bajar. ¡Qué maravilla de animales!

–¿Cómo se te ocurrió hacer eso?

–Me cansé de estar solo y callado.

–¿Y tus compañeros? Todos comen a la misma hora.

–¿Qué no oíste? Ya te dije que cuando no cabecean es porque están dormidos.

–¿Y por qué no te llevas al comedor una de tus revistas?

–Mi padre nos decía que no debe leerse mientras se come. Es de mala educación —don José inclina la cabeza y suelta una risita. En cambio no está prohibido hablar con las cucarachas. Ellas están solas y yo también; las cucarachas repugnan porque son insectos y yo porque estoy viejo.

–Promete que no volverás a decir algo tan horrible —Rita ve asentir a su padre—: Y también que no volverás a *hacerlo*.

El viejo sonríe para tranquilizarla y consulta otra vez su despertador:

–Ahora sí ya es muy tarde. Van a dar las diez. ¿Te pido un taxi?

–No. Leopoldo vino conmigo. Le pedí que no subiera. Quería que habláramos a solas —Rita duda antes de continuar—: Papá, prométeme...

–¿Otra vez? —besa a Rita en la frente y la conduce hacia la puerta—: Te acompaño hasta el estacionamiento. No pongas esa cara: no pienso meterme al coche a escondidas ni correré detrás de ustedes. Los espero el domingo. Si no pueden venir, me llaman.

Don José ve alejarse a Rita rumbo al automóvil. Cuando desaparece mete la mano en el bolsillo de su pantalón, extrae una cajita blanca y se dispone a ir en busca de otra dulce compañía.

Escribiré tu nombre

Hice mal en subir al cuarto de Alejandro. Hubiera sido preferible mantenerme lejos. Esta noche cedí: los mensajes enviados con otros internos me vencieron. Iba preparada y cuando me preguntó por qué no había ido a verlo inventé cualquier pretexto.

Fingió creerme y se lo agradezco porque así no tuve que decirle la verdad: me había alejado de él porque me duele oír su voz. En las últimas semanas se le ha ido hundiendo en el pecho y es difícil escucharla. Cuando pretende gritarme y no lo consigue, pienso en las mariposas que caen heridas y aletean con la esperanza de alzar el vuelo.

De unos meses a la fecha depende de mí para no sentirse abandonado. Ya no tiene fuerzas para levantarse de la cama y reunirse en el patio con otros enfermos, menos para subir a mi oficina. Nadie, ni siquiera él, me creería que extraño verlo aparecer vestido con su camiseta morada, las mallas guangas, los chanclones de correas y el chal rojo cruzado sobre el pecho. Añoro incluso sus reclamaciones: "Mujer perversa, bruja malvada, ¿por qué ya no me quieres?/¿Por qué ya no me nombras?/ ¿Por qué con mis tristezas/ siempre solo he de vivir...?".

En esas ocasiones fingía disgustarme y le contestaba: "Porque yo sí tengo cosas qué hacer, no como *otros*, que se la pasan tirados en la cama rascándose el ombligo". Alejandro me contestaba, como es su costumbre, con trozos de las canciones que, según él, lo hicieron famoso en los escenarios nocturnos.

Me parece estar oyéndolo: "Aunque no lo creas, chulita, eran los más grandes, los más concurridos y también los más pinchurrientos. La gente enloquecía en cuanto me anunciaban: *Y ahora, con ustedes, la sensual Alejandrina*".

Antes de que se agravara, Alejandro me ayudaba a ordenar y revisar los expedientes de los nuevos internos, todos enfermos terminales como él. La primera vez que se ofreció como voluntario le pregunté si no le resultaría muy doloroso acercarse a historias similares a la suya. Me sonrió, se le llenaron los ojos de lágrimas y negó con la cabeza, entonces aureolada con una melena rojiza muy llamativa que poco a poco se ha ido reduciendo a mechones ralos.

Cuando Alejandro se vaya lo voy a extrañar tanto que acaso no podré seguir trabajando aquí. La otra mañana se lo comenté al doctor Domínguez. Él me recordó la cantidad de veces que, al ver morir a uno de nuestros enfermos, he dicho lo mismo y, sin embargo, sigo en el hospital: "En dos o tres días se le pasará la tristeza y pronto volverá a encariñarse con algún otro paciente al que usted considere más necesitado de afecto".

No lo creo. Nunca llegará aquí nadie tan especial como Alejandro. Es un conversador maravilloso y salpica sus historias con trozos de canciones. Tiene una voz excelente. Cuando lo descubrí se me ocurrió sugerirle que diera un concierto para sus compañeros. Alejandro reaccionó como menos esperaba: se tapó la boca con ambas manos, retrocedió hasta el fondo de la oficina y me juró que nunca más volvería a cantar.

Me asusté. Alejandro estaba recién llegado al albergue, ignoraba si su enfermedad había afectado su cerebro. Mandé a una compañera en busca del doctor Domínguez. Le dio un sedante. A la mañana siguiente hice mi recorrido por el pabellón donde tiene su cama Alejandro. Lo encontré cubierto de pies a cabeza con su chalina roja, como si quisiera aislarse del mundo. "¿Se siente mejor?" Mi pregunta bastó para que Alejandro se pusiera a temblar. Quise tranquilizarlo y acaricié su hombro. Su respuesta fue un alarido desgarrador. "¿Le duele?" No respondió.

La jefa del voluntariado, que hacía la inspección en ese momento, se acercó: "Déjelo. Ya no le diga nada porque se angustiará más". Acepté el consejo y me fui a recorrer los otros pabellones. Por la tarde regresé al "T". Alejandro continuaba en la misma posición en que lo había visto. Eso me inquietó y retiré el chal con que se cubría.

Grité al ver arañazos en el cuello, el pecho y los brazos de Alejandro. Quise saber quién lo había atacado. Con una voz femenina, desconocida para mí, me dio una respuesta que me desconcertó: "Fue mi papá. Él me lo hizo *todo*". Me miró a los ojos: "Tú tampoco me crees, ¿verdad?". Derrotado por su conclusión, Alejandro cruzó los brazos sobre el pecho y se puso a llorar en silencio.

Después de ese día Alejandro me evitaba. No intenté forzarlo. Esperé a que me diera señales de haber recuperado la confianza en mí. Las recibí la mañana en que entró en mi oficina y manifestó su interés por trabajar como voluntario. A partir de ese momento, y hasta hace dos semanas, él se encargó de ordenar los expedientes de los recién llegados.

Cuando me ve muy preocupada por el decaimiento de Alejandro, el doctor Domínguez me dice en broma que no me preocupe, no faltará un nuevo enfermo que atienda el archivo. Quizá, pero no creo que haya otro que lo haga como Alejandro. Desde el primer día noté la delicadeza y el cuidado con que tomaba los fólders. Una vez que me sorprendió mirándolo me explicó la razón: "Cuando uno se enferma de *esto* lo que más se necesita es un mimo, algo bonito, algo que sea como una canción del alma".

Recordé lo ocurrido la mañana en que descubrí

su don para cantar. Él pareció adivinarlo: "¿Sabes? A veces pienso que mi vida sería muy distinta si no hubiera nacido con esta voz. ¿De quién la heredé? Ni idea. Nunca se lo dije a nadie pero desde *chiquilla* me gustó cantar. Cuando mis papás se iban al puesto me dejaban encerrado en el cuarto. Vestido con la única ropa buena de mi madre, cantaba horas enteras. Cómo me acuerdo".

Alejandro cerró los ojos, se apoyó en la pared y cantó: "Silencio, que están durmiendo/los nardos y las azucenas./ No quiero/que escuchen mis penas/porque, si me ven llorando,/morirán".

Otra vez me deslumbró su voz. Iba a decírselo cuando noté que lloraba. No tuve que preguntarle. Habló: "Cuando mi padre me sorprendió en fachas y cantando estuvo a punto de matarme. También golpeó a mi madre y la insultó por haber malparido a un hijo como yo. Para que no volviera a suceder lo mismo dejé de cantar y hablaba lo menos posible. No sirvió de nada. Mi padre vio en mí *otras cosas* y una noche en que nos quedamos solos me violó. Siguió haciéndolo sin que mi madre se diera cuenta y yo lo guardé en secreto".

"¿Por qué? Debiste decírselo, denunciarlo ante la policía", grité horrorizada. Alejandro fue deslizándose contra la pared hasta quedar acuclillado. Lo vi morderse el brazo. Luego me miró de una manera que no puedo describir ni olvidar. Me sentí turbada y él se rio: "¿Por qué no lo denuncié? Porque sentía bonito cuando él me llamaba *Alejandrina*. Tú no lo entiendes, pero date cuenta que sólo en esos momentos podía ser lo que realmente soy. Después mi padre dejaba de mirarme, de tomarme en cuenta. Y yo ¿qué iba a hacer? Pues irme a mi cuarto de tablas. Con mi cobija a cuadros me tapaba hasta la cabeza y me ponía a cantar quedito, como para que *Alejandrina* no desapareciera tan pronto. Y así, hasta quedarme dormido. ¿Qué piensas de lo que te digo? ¿Te parece que soy un asco ¿verdad?". Le respondí: "Todos lo somos".

Esta mañana, cuando fui a visitarlo al pabellón, tuve que controlarme para no manifestar mi asombro cuando vi lo demacrado que estaba Alejandro. Sonriendo, con apenas restos de su voz, me llamó ingrata. Luego me tendió los brazos para que lo ayudara a levantarse. Le pedí que no se moviera y me senté en su cama. Me preguntó si había dejado de visitarlo a raíz de su confesión. Lo negué. Rogó que me acercara. Sentí sus labios ardientes en mi oído: "Cuando me muera ¿te encargarás de todo? ¿Hasta de que escriban en mi lápida mi verdadero nombre: *Alejandrina*?".

SALMOS

Mi abuela se llamaba Catalina. Me heredó su rosario de concha, su misal y el libro en que aprendió a leer a los cincuenta y cuatro años de edad: la Biblia. La conservo con su forro de plástico y con las trencitas de hilo seda que mi benefactora tejió para señalar los capítulos que alcanzó a conocer. Por eso para mí el Génesis será siempre azul, el Éxodo morado, el Levítico verde, los Salmos rojos y los Proverbios amarillos.

Esas claves lustrosas le servían a mi abuela Catalina para localizar con facilidad el versículo elegido por ella para leérnoslo en voz alta antes de las comidas dominicales. La práctica le reportaba una doble satisfacción: percibir nuestro deslumbramiento ante sus progresos en el extemporáneo aprendizaje de la lectura y defender ante al abuelo Fabián su derecho a seguir rebelándose contra la muerte de su primer nieto varón: Alfonsito falleció a las pocas semanas de nacido.

Más allá de esos dos objetivos, comprendo que mi abuela leía en voz alta por el recién adquirido gusto de escucharse. Prolongaba la sensación convirtiendo los puntos y aparte en larguísimas pausas que nosotros aprovechábamos para removernos en la silla y despabilarnos.

En aquellos compases de silencio el úni-co autorizado para hablar era el abuelo Fabián: "¿Creen ustedes que estamos haciendo bien?". La pregunta concentraba·sus temores. Aun cuando el padre Rosas le había confirmado varias veces que la lectura de la Biblia ya no era vista como una transgresión, mi abuelo seguía considerando nuestra práctica dominical como un atrevimiento que tarde o temprano iba a ser castigado por Dios.

Indiferente a la inquietud de su marido, mi abuela concluía muy satisfecha su lectura y siempre con la expresión de una estudiante que, después de una prueba, espera el veredicto de sus sinodales. Los elogios que le dispensábamos a mamagrande eran sinceros y más que justos; la halagaban, pero menos que haber demostrado una vez más que en ninguna parte del texto había siquiera una palabra que la obligara a compartir la docilidad con que mi abuelo aceptó la muerte de su primer nieto varón. Se lo dio mi hermano Alfonso.

Ponchito murió a las pocas semanas de nacido. "Mal de cuna", dijo el médico. "Maldición, injusticia, crueldad", gritó mi abuela Catalina mientras que papá Fabián —siempre temeroso de la Divinidad y de que la más leve protesta fuera interpretada como blasfemia— procuró tranquilizarla ordenándole: "No hables así. Piensa que fue la voluntad de Dios".

Nunca olvidaré la expresión de mi abuela cuando preguntó: "¿Cómo lo sabes? ¡Dímelo!"; al no obtener respuesta gritó más fuerte: "¡Contéstame! ¿Por qué Dios le da la vida a un niño y luego se la quita?". Mi abuelito inclinó la cabeza: "El Señor siempre tiene sus razones. Por algún motivo que no comprendemos, hasta las hojas de los árboles se mueven porque Él así lo dispone. Todo lo que sucede en el mundo está escrito". "¿Dónde?" "En muchas partes, pero sobre todo en la Biblia", respondió papá Fabián sin reflexionar, sin conocer el libro y sin imaginarse las consecuencias de su afirmación.

Todos permanecimos callados, vigilando la quietud de mi abuela. Ella no sabía leer y esto la colocaba, sobre todo en aquellos momentos, en una situación de completa dependencia frente a su marido: "¿En la Biblia dice por qué Dios ordenó la muerte de mi nietecito?". Mi abuelo fue mucho más cauto y sincero en su respuesta: "No lo sé. Nunca la he leído porque a mí, desde niño, me enseñaron que ese libro sólo deben conocerlo quienes sean sacerdotes. Si no me crees, ve y pregúntaselo al padre Rosas".

Mi abuela no quiso esperar y me pidió que la acompañara a la iglesia de San Cosme. Allí, el confesor de la familia le hizo una aclaración: "Antes sí estaba prohibida la lectura de la Biblia pero hoy puede hacerlo toda persona que quiera acercarse a la palabra de Dios". La expresión triunfal de mi abuela se pulverizó cuando, después de sugerirle a papá Fabián que comprara una Biblia para leérsela, él le respondió escandalizado: "¡Estás loca!". Aquel rechazo brutal que le causó resentimiento a mi abuela, sirvió también para vencer su resistencia y hasta para decidir cómo iban a ser nuestros domingos en el futuro más próximo.

Mucho antes de que naciera mi hermano Alfonso y de que mi abuela experimentara la necesidad de acercarse a la Biblia, una vecina, Julia Avendaño, puso un letrero en la ventana de su casa: "Aprende a leer y a escribir. Clases gratis".

Sobre todo cuando mi abuela cometía algún error derivado de su ignorancia, papá Fabián le recomendaba que fuera a la casa de doña Julia. "¿A mi edad? ¡Pero si ya no tardo en morirme! Además, para lo que yo necesito, con que tú sepas leer y escribir es más que suficiente." De algún modo así fue, hasta el día en que mi abuelo se negó a leerle la Biblia.

La tarde siguiente, cuando regresé de la escuela, mi abuelita me preguntó si de casualidad me sobraban un cuaderno y un lápiz. Se los di sin imaginarme su propósito de asistir a las clases de alfabetización. Se prolongaron ocho meses. Cuando terminó el curso y lo celebramos, doña Julia nos contó lo sucedido la primera vez que mi abuela tocó a su puerta:

—Ni me saludó. Nada más me dijo su edad y me preguntó cuánto tiempo iba a tomarle aprenderse las letras. Le dije que eso dependería, sobre todo, de su constancia. Entonces prometió asistir diario. Quise saber el motivo de su urgencia y me contestó que necesitaba leer la Biblia.

Ante los invitados a la fiesta, mi abuela recordó otra vez, entre lágrimas, la muerte inexplicable de Alfonsito. Papá Fabián, temeroso de oír frases que consideraba como blasfemias, la interrumpió: "No hables más de eso. Pasó hace mucho tiempo y aunque hubiera sucedido ayer, nada ganarías con seguir lamentándote. Confórmate, hazme caso; fue la voluntad de Dios".

Todos imaginamos que aquellas palabras iban a desatar una discusión semejante a las que habíamos presenciado otras veces en circunstancias parecidas. No fue así. Sonriente, muy serena, la abuela replicó: "No sé de dónde sacas esas ideas. Hasta ahora, en lo que llevo leído, no he visto pruebas de que Dios Nuestro Señor haya ordenado la muerte de mi nietecito".

El abuelo, perdida de tiempo atrás la ventaja que le había dado ante su mujer el exclusivo conocimiento de las letras, quiso evitarse otra merma de autoridad ante la familia y, sin proponérselo, sin imaginarlo tal vez, hizo un comentario muy cruel: "Todavía te faltan mucha hojas. Tú espérate y entonces me dirás...".

Mi abuela Catalina no vivió lo suficiente para conocer el texto completo de la Biblia. Una trencita de hilo rojo indica la página donde la

muerte interrumpió su lectura de los Salmos; un
punto del mismo color marca el renglón que dice:
"Todo hombre es mentiroso".

EL PRECIO

¡**D**ejen de discutir! Por una vez en la vida óiganme y no me miren así. No les estoy pidiendo nada complicado ni terrible. Sólo quiero que me dejen hablar y que se guarden sus sermones. ¿Me oyeron? Ya sé que estoy gritando. ¿Cómo que por qué? Me parece increíble que me lo pregunten. ¿No saben que una persona grita cuando siente que nadie la escucha? No, perdónenme, no me están oyendo, sólo discutían para ver quién tiene la culpa de que yo haya hecho lo que hice.

Siento que jamás me han oído de verdad. No, perdón, soy injusta. Sí me han escuchado, lástima que sólo haya sido cuando dije lo que ustedes querían que dijera. ¿Les confieso una cosa? Total: ésta es la noche de las confesiones. Después de la que hice a las diez en punto... Sí, papá: eran las diez. Te descubrí mirando el reloj y la tele. Estabas preocupado porque, a causa mía, esta noche ibas a perderte las noticias. Perdón: esta noche tendrán que conformarse con que yo sea la noticia.

Se me acaba de ocurrir una cosa: los invito

a que juguemos un poco. Hace mil años que no lo hacemos. Desde que tenía como... Uf, no me acuerdo. Ustedes ¿sí? No necesitan contestar. En su cara veo escrito un inmenso "no". Pero no se preocupen ni traten de justificarse. Los entiendo. Siempre hay tantas cosas importantes que no resta tiempo para pensar en nimiedades como la que pregunté.

Cuidado, mamá: ya te vi. Estás sacando tu pañuelo, te estás preparando para que tus lágrimas caigan en el sitio adecuado en vez de escurrirte por la cara y convertirla en una mezcla de humedades impropias. Si yo fuera tú, en este momento me sentiría feliz porque al fin voy a conocer la realidad.

¿Jugamos? ¿Estás de acuerdo, papá? Al menos finge estarlo. Piensa que es un regalo que me estás dando, además de mi presencia, ¡claro! Imagínate cómo podrías estar, en estos momentos, de no haber sido porque el baboso de Alfonso me dijo: "Olvídalo, baby. No creo que tus jefes vayan a soltar un clavo, ni uno solo". Cuando lo oí solté una carcajada y luego muchas más. Me reí como loca durante un buen rato. No crean que estaba alegre, ¡qué va! Me reí para no oír lo que estaba pensando. Fue algo muy sencillo, pero terrible. ¿Quieren saber qué me dije a mí misma? "Alfonso tiene razón. Tal vez ellos no acepten pagar nada y en el fondo se alegren de haber encontrado un medio ideal —ideal porque los coronaría como víctimas para el resto de su vida— para deshacerse de mí."

¿Qué dices, mamá? No, lo que acabo de decir no es parte del juego que estaba proponiéndoles. Todavía no empieza. Necesitamos partir de algo: la familia feliz, concentrada en la casa feliz que huele a comida, a aromatizantes, una iluminación adecuada para cada momento y cada acción. Si no fuera habitante de esa "casa feliz" se me antojaría serlo. ¿En qué íbamos? En la familia. ¿Está bien tres miembros? Exactamente como nosotros: Papá Oso, Mamá Osa y la Osita.

Imaginemos que después de un largo día de sonrisas, silencios, horarios, telefonemas llegamos al fin hasta la playa maravillosa encantada: el sillón frente a la tele. Papá tiene el controlador y la enciende; mamá se dispone a secundar todos sus comentarios... Me voy a permitir una interrupción. Mamá, ¿te digo una cosa? ¿Sabes cuándo siento más ternura hacia ti? Cuando veo los esfuerzos que haces para adivinar lo que papá quiere que digas ante una noticia. Me das la impresión de ser un perrito hambriento y temeroso, dispuesto a hacer cabriolas, con tal de ganarse un cachito de algo, lo que sea: una sonrisa, una mirada aprobatoria. No te avergüences. Comprendo por qué lo haces gracias a que también lo he hecho frente a ti y frente a papá. Sólo que llegó un día en que me cansé de esperar y decidí mandarlo todo al diablo... o casi. Volvamos al juego de los tres osos dichosos. ¡Me salió en verso!

Imaginemos a esos personajes en el momento en que aparece en la televisión una muchacha que, ante las cámaras, dice: "Decidí autosecuestrarme. Le pedí ayuda a mi amigo Alfonso. Lo elegí, de entre los muchos que tengo, porque me pareció el más fácil de controlar. Lo convencí de que viajáramos en su coche, de que me instalara en un cuarto de hotel —aquí entre nos, elegí el mismo hotel a donde me llevó Rigoberto una noche— y de que juntos escribiéramos la nota de rescate. Él la redactó, yo se la dicté, le ordené que pidiera —ya que supuestamente era mi secuestrador— cincuenta mil pesos".

No se distraigan porque si no ya no podremos jugar, además no deben perderse el momento: la chavita interrogada guarda silencio y comienza a verse la punta de los zapatos como si en el mundo no existiera nada más importante. Al fin habla, no porque le interese poner al tanto de su vida a todos esos curiosos, sino porque desea que la dejen sola. "Entonces ocurrió algo que no había imaginado. Alfonso me preguntó si estaba segura de que mis padres, con tal de volverme a ver, estarían dispuestos a pagar el rescate. La pregunta me sacó de onda y no supe qué contestar. El bueno de Alfonso aprovechó para preguntarme algo mucho más difícil de responder: *¿En ese caso, qué harás? ¿Desaparecerás para siempre o volverás con tu familia?*".

¿Están siguiéndome? ¿Seguro que no necesitan que vuelva a comenzar el juego? Si quieren, puedo hacerlo. Soy constante, igual que ustedes. ¿Se acuerdan de lo que sucedía cada vez que me reprobaban en matemáticas? "Tendrás que volver a las clases de regularización." Nunca me preguntaron por qué aborrecía los números, ni por qué iba arrastrando los pies a la casa de la señorita Evodia. Ustedes nunca entraron allí, nunca supieron lo triste que era el lugar en sábado a las tres de la tarde. En domingo era distinto: un auténtico infierno.

Ya sé que estoy sonando no como una persona malagradecida, sino francamente malvada. Papá está pensando: "¿Cómo es posible que haya ido de mala gana a tomar sus clases cuando sabía perfectamente lo que me costaban: 130 pesos la hora?". Mamá, no mires para otro lado. Déjame leer en tu frente tus pensamientos: "La señorita Evodia la adora y ha hecho hasta lo imposible por enseñarle matemáticas". Cierto pero ¿a costa de qué? De mis sábados y mis domingos.

Muchas veces, mientras estaba en la clase de regularización, me preguntaba qué estarían haciendo ustedes. Tal vez haciendo el amor. No me lo creerán pero la idea me encantaba o al menos me parecía menos horrible que imaginarlos frente a la tele, uno dormitando con la boca abierta y la otra con la mirada perdida sin atreverse a dormir.

Creo que los estoy aburriendo con mi historia real. Yo creo que se sentirán mucho más interesados si volvemos a nuestro juego. ¿Recuerdan? El Papá Oso, la Mamá Osa y la Osita ante la tele donde aparece una joven. ¿Ya se acordaron? Bueno, entonces seguimos. ¿En qué íbamos? Ah sí, en el momento en que la autosecuestrada oye decir a Alfonso, su cómplice y su mejor amigo,

"¿Qué harás si tus padres no aceptan pagar el rescate?". El maldito de Poncho se cansó de esperar mi respuesta y acabó por irse. Antes me hizo prometer que no haría locuras. Pero las hice: me quité los zapatos y salté en el colchón como nunca, jamás, pude hacerlo en mi cama.

      ¿Qué pasa? Mamá, ya estás sacando el pañuelo otra vez. Lo que ves en la tele te impresiona mucho porque te *parece muy real*. En cambio, cuando hablamos de la verdad te distraes o me dices que tienes algo que hacer. Bueno, hoy te atrapé. Seguimos con el juego. La muchacha en la tele oye las risitas de sus interrogadores y ella sonríe también. Deja de hacerlo cuando recuerda algo desagradable: se dio cuenta que tenía la cara mojada de lágrimas. ¿Y saben por qué? A ver quién contesta primero... No, lo siento, la joven no lloraba de remordimiento, pensando en la angustia de sus padres al ver que no volvía a la casa en toda la noche, sino de intuir que el tal Alfonso tuviera razón. ¿Qué hizo después de que tuvo aquel pensamiento? Siguió orando, dichosa de que nadie le dijera: "¿Por qué, si tienes todo lo que quieres?". No durmió. Pasó toda la noche pensando qué haría. Cuando estuvo segura tomó su saco, abrió la puerta, bajó a la administración, salió a la calle y caminó hasta su casa para decirles a sus padres lo que yo les estoy diciendo ahora: "Adiós".

EL ZÁNGANO Y LAS HORMIGAS

A las dos de la tarde las obreras de la fábrica Nuestra Señora del Pilar forman círculos en el camellón desolado donde comen todos los días. Extendidos sobre el pasto, pliegos de estraza y periódicos hacen las veces de manteles; encima se ven contenedores de plástico, latas de refresco, bolsas de frituras.

A poca distancia de sus compañeras están Irma y Lucila. Tendida de espaldas, Irma contempla la línea blanca que un avión marca en el cielo. Lucila, con los ojos entrecerrados, juguetea con los mechones que escapan de su cofia gris. Con un movimiento brusco se la arranca y empieza a darse un masaje en la sien. Irma lo advierte y pregunta qué le sucede.

–Me duele la cabeza —responde Lucila con desgano.

–¿Otra vez? —Irma se incorpora y se sacude las hormigas de agua que trepan por su mano. Siempre me pasa lo mismo.

–A mí también —responde Lucila.

–Creí que nada más a mí se me subían las

hormigas. Dondequiera que estoy me persiguen —oye reir a Lucila—; en serio. Mi mamá dice que es porque tengo la sangre muy dulce.

—¿Y ella cómo lo sabe? —pregunta Lucila divertida, como siempre que oye las reflexiones de Irma.

—Nunca se lo he preguntado, pero si lo dice debe ser por algo —Irma sigue luchando contra las hormigas.

Impaciente, Lucila se pone la cofia otra vez:

—Pues a ver si te dice por qué será que a mí siempre me persiguen los zánganos.

—Ha de ser porque tienes la sangre muy caliente.

Lucila no celebra la broma de su amiga. Con los puños y los dientes apretados murmura:

—Por Dios que tengo un coraje...

Irma gira y se pone de rodillas. Queda frente a Lucila cuando ésta, con un movimiento discreto, se enjuga una lágrima.

—Híjole, Lucy, no traigo clínex. Voy a ver si nos da alguna de las muchachas.

Lucila impide que Irma se levante:

—Déjalo, no quiero que se den cuenta de que estoy llorando porque si no van a empezar con sus chismes —respira hondo y da una palmadita en el brazo de Irma. No te apures, estoy bien.

—¡Qué va! Te conozco —se acerca a Lucila y adopta un tono confidencial—: ¿Qué pasó? Tenme confianza; nunca cuento nada.

Lucila se muerde los labios y pone la mano sobre la de Irma:

—¿Sabes quién fue a mi casa anoche? Marcos.

—¿Marcos...? ¡Marcos!

—Cuál otro. Por fortuna es el único que conozco y maldita la hora —Lucila arranca un mechón de pasto y lo arroja. Me acuerdo y me dan ganas de vomitar.

—¿Y qué quería?

—Pues qué crees, ni modo que hubiera ido a decir misa.

—Ay, Lucy, no te enojes. Te lo pregunto porque no sé.

Lucila intenta sonreír:

—Perdóname. Estoy muy nerviosa. Llevaba meses de no verlo y ya me había hecho el ánimo de vivir sola cuando de repente así, como si nada, se me aparece de nuevo.

—¿A poco quiere volver contigo? —Irma no logra descifrar el gesto de su amiga. Me acuerdo que aquí mismo, una vez que estabas desesperada, te dije: "Cuando al Marcos se le pase la calentura por la chaparra, me cae que vuelve contigo". ¿Ves que le atiné?

Lucila levanta las cejas en prueba de asentimiento. Satisfecha, con los ojos brillantes, Irma continúa:

—De seguro te habló bonito.

—¿Bonito? —Lucila vuelve a frotarse la sien—, si lo hubieras oído. De no creerse, te lo juro.

—Me imagino. ¿Y te dijo qué le dio por regresar contigo? Se supone que era felicísimo con la chaparra, con la Claudia esa.

—Según él, la chava lo decepcionó. Le contesté: "Lo mismo dijiste de mí cuando te pregunté por qué te ibas con ella. ¿Qué hay que hacer para tenerte contento? Todas acabamos decepcionándote. Ni Dios es tan exigente".

—¿Y qué te respondió?

—Parece que lo estoy oyendo: "Ser como eres, como has sido siempre. Es más: no quiero que cambies nunca".

—¿Nunca? O sea que ya van a volver —Irma contiene la respiración.

—¡Ni loca! Cómo crees que voy a juntarme con el tipo que me abandonó cuando más lo adoraba.

—Me consta que lo querías.

—Pero no sabes cuánto —Lucila mira a la distancia. Híjole: las cosas que hice por Marcos. Le di gusto en todo. No me embaracé porque él no quería hijos.

—Fue mejor, Lucy. Imagínate: como están las cosas, tú solita con un escuincle.

—Pues ahorita es lo que quiere.

—¡Un hijo! Bueno, que se lo pida a la Claudia. ¿A ti por qué?

—Porque ya se lo dijo, y Claudia, nada tonta, le respondió que nanay. La mula esa pensará: "Así como abandonó a Lucy puede abandonarme a mí y entonces ¿qué hago con un chamaco?".

—Oye ¿y de dónde le salieron a Marcos las ganas de ser padre?

—De que su mamá está muy mala y quiere tener un nieto antes de morirse —Lucila mueve desconsolada la cabeza. Pobre doña Paula. ¿Me creerás que llegué a estimarla?

—Eso sí que no lo entiendo. Caray, cuando el Marcos te golpeaba, acuérdate con qué te salía la señora.

Lucila cierra los ojos para recordar mejor:

—Con que no le diera motivo —besa la cruz que forma con los dedos. Te juro que nunca jamás hice nada que pudiera contrariarlo. Quiso que viviéramos con su madre, acepté; me pidió que dejara el trabajo, lo obedecí; luego, cuando se las vio duras con el gasto, me ordenó volver a la fabrica y regresé. Al final, ya sabes, me corrió de la casa y me salí como un perro.

—¿Y quién te metió en la cabeza que le dieras gusto en todo?

—Nadie, yo. Creí que así iba a granjearme su voluntad, pero no sirvió de nada. Cuando quiso me dejó.

—¿Se lo dijiste?

—No me dio oportunidad. Nomás él habló, habló, habló...

—¿Cómo se despidieron? —Irma observa a su amiga con malicia y luego hace un gesto obsceno. No me digas que...

—*Quería* pero le dije que no —Lucila se frota los labios. Cómo cambian las cosas. Me acuerdo que a veces llegaba de la fábrica bien cansada, con los pies todos adoloridos, pero si el señor *quería*, ni modo: ¡a darle!

Irma suelta una carcajada. Lucila mantiene una actitud severa:

–Perdona que me ría, Lucy, pero es que dijiste muy chistoso "a darle". Ni que el prauprau fuera batir nieve.

La expresión de Lucila se suaviza, luego sonríe y al fin suelta una carcajada:

–Pos'ora: ¡tenga su nieve! Conmigo no cuenta el Marcos.

–¿Estás segura?

–Por ésta —Lucila vuelve a besar la cruz.

–¿Deveras se lo aclaraste? —Irma advierte que su amiga desvía la mirada—: ¿No, verdad?

–No me atreví. Tuve miedo —Lucila inclina la cabeza—: Dijo que quería que lo pensara y que volverá. Y entonces ¿qué hago?

–¿A poco no sabes?

–Ahorita sí: echarlo a la calle; pero si después, cuando lo tenga cerca ¿me ataranto...?

Irma entrecierra los ojos y aprieta los labios. Su expresión se relaja cuando al fin encuentra la respuesta salvadora:

–Haces como yo con las hormigas: te lo sacudes.

Las risas de Irma y Lucila se confunden con la chicharra de la fábrica. Se ponen de pie y, confundidas con las demás obreras, desaparecen en el interior de Nuestra Señora del Pilar.

MUY SEÑOR MÍO...

–¿Puedo pasar?

Catalina espera la respuesta de su hermano Daniel. Sabe que cuando se encierra en su habitación está absorto, escribiendo una carta parecida a las muchas que le ha enviado al titular de la Agencia de Viajes Atlanti's. Una vez que se hartó de no obtener respuesta le mandó copias a un amigo ortopedista a fin de que le extendiera una constancia médica. Mireles accedió y le dirigió al titular de Atlanti's un informe precisando las nefastas consecuencias de que Daniel, o cualquier otro empleado, permaneciera tanto tiempo en el aeropuerto de pie y enarbolando, como si se fuesen estandartes, cartulinas con nombres extranjeros, larguísimos e impronunciables.

–Daniel, ¿estás allí?

Catalina pega el oído a la puerta, que de inmediato cede y le permite ver una escena más que familiar: Daniel inclinado sobre su escritorio. Lo baña un chorro de luz infame. "Sigue escribiendo así y verás como al rato se te van a echar a perder los ojos." Daniel no toma en cuenta las reiteradas advertencias de su hermana. Ni siquiera ha querido cubrir el foco de cien watts con la pantalla que sigue empolvándose colgada de un clavito.

–Daniel, ya es muy tarde. ¿No puedes dejar eso para mañana? —Catalina ve a Daniel levantar la mano derecha y sostenerla en el aire mientras murmura una frase que evidentemente lo satisface porque sonríe y truena los dedos de la mano izquierda. Eso no significa que Daniel haya terminado de escribir, sino que encontró la clave para conmover al destinatario.

Daniel cumplió en abril cuarenta años. Su cabello abundante y su piel rojiza lo hacen parecer mucho menor. Le gusta reconocerlo cuando se estaciona frente al espejito del baño para afeitarse la barba rala. Se la dejará crecer, como si fuera un capitán de barco, el día que lo despidan de la agencia de viajes. Su instinto, y las miradas que le lanza el gerente cuando encuentra sobre su escritorio una de sus cartas, le indican que ese momento no está muy lejano.

–Si deveras crees que no tardan en despedirte, ¿qué caso tiene que sigas escribiendo esas cartas?

Es la pregunta que Catalina le hace al ver que él se siente torturado por los dolores de pies y de espalda que se derivan de estar una hora, y a veces mucho más, inmóvil y con una cartulina en alto mientras procura adivinar cuál de los viajeros que van apareciendo en la zona de maleteros es el *suyo*.

–¿No puedes conseguir una credencial para que te permitan entrar hasta la aduana?

Cada vez que Catalina le propone esa alternativa él sonríe condescendiente, como lo haría frente a alguien que le planteara una hazaña imposible. Ella qué va a saber de las complicaciones que hay ahora en un aeropuerto que ya no se parece en nada al que conocieron de niños. Entonces su padre los llevaba al mirador para que presenciaran los despegues y aterrizajes.

–¿Recuerdas lo que papá nos decía mientras veíamos alejarse los aviones?

Basta que Catalina le haga esa pregunta para que Daniel recupere la imagen de su padre y también la emoción que sentía al oírlo decirles que *a fin de año*, con lo que le dieran de gratificación en su trabajo, iba a comprar boletos de avión para los tres. La promesa jamás se realizó. Quizá por eso, mucho tiempo después, cuando Daniel leyó en el periódico el anuncio de la agencia de viajes —"Se solicita empleado..."—, sintió que estaba a punto de colmar su anhelo y el de su hermana.

–¿Y ya preguntaste si por trabajar allí podrás conseguir boletos con descuento?

A menudo, mientras se afeita, malhumorado, Daniel recuerda esa pregunta. Catalina se la hizo el día que él regresó a la casa después de haber firmado su contrato en la Agencia de Viajes Atlanti's. De inmediato le dio una respuesta afirmativa. Ahora se considera un estúpido por haberlo hecho. Antes de alentar las esperanzas de su hermana debió hacer una investigación entre sus

compañeros de trabajo. Pero no la hizo, un poco
por falta de tiempo y otro tanto por miedo a des-
moralizarse enterándose de lo que supo más tarde:
en esa maldita agencia no le daban ni agua al ga-
llo de la pasión.

Catalina siente curiosidad por saber a quién va
dirigida esta vez la carta que su hermano escribe
con tanto entusiasmo —lo advierte en la energía
con que Daniel pone tildes y acentos— y para no
interrumpirlo se aproxima y lee sobre el hombro
de Daniel:

"Señor Director: Me permito distraer unos
minutos de su valioso tiempo con el fin de plan-
tearle cuál es la situación en que se encuentran un
servidor —Daniel Servín Padilla— y muchos
otros trabajadores adscritos, de manera anónima
pero muy importante, al ramo turístico."

Un gesto de satisfacción ilumina el rostro
de Catalina. Le agrada que Daniel se haya decidido
a enviarle una carta al director del aeropuerto en
vez de seguir perdiendo el tiempo con su geren-
tito porque no las lee. Si lo hiciera sabría el infierno
en que vive su hermano. Está esclavizado: a cualquier hora del día o de la noche tiene que correr
al aeropuerto para recibir a un viajero —o a una
excursión— completamente desconocido que no
le agradece su esfuerzo por conseguirle malete-
ro, taxi y luego llevarlo al hotel.

Catalina se tapa la boca para contener la
risa cuando lee el párrafo donde su hermano alu-

de precisamente a la incomodidad de permanecer largo tiempo inmóvil, con la mano en alto, y tratando de saber cuál de los viajeros es al que debe recibir con una gran sonrisa y como si fueran amigos de toda la vida.

Después de releer el párrafo Catalina llega a la conclusión de que es el sitio ideal para incluir el tema de las rosas embalsamadas en papel celofán. Está segura de que la mención del tema no sólo es oportuna sino graciosa, y por eso se atreve a sugerirle a Daniel:

—No se te olvide lo de las señoras que llegan al aeropuerto con flores.

Daniel levanta la cabeza y mira a su hermana con expresión de agradecimiento. Hubiera sido una falla terrible omitir el capítulo de las esposas, hermanas, tías y vecinas de los viajeros que compran rosas en el aeropuerto para darles la bienvenida a los recién llegados. Daniel aclara que ese gesto tan exquisito le resulta muy nocivo porque las mujeres —sin importarles que en esa incómoda sala de espera se está como dentro de una lata de sardinas— en cuanto ven a su viajero agitan las flores y lo golpean en la nuca, en el cuello y a veces también en la mejilla derecha, donde aún tiene una pequeña cicatriz causada por una espina.

—Y tú ¿no le reclamaste a la estúpida esa que te pegó?

Catalina se lo preguntó mientras le ponía merthiolate en la herida. Daniel primero la fulminó con la mirada y después le recordó que él, como representante de la Agencia de Viajes Atlanti's no puede ser agresivo con nadie, así lo empujen, lo pisen, lo golpeen; sea cual fuere la circunstancia él tiene que mantenerse tenso, como un cazador en espera de su presa, a fin de reconocer al viajero —casi siempre empresarios y hombres de negocios— por el que lo mandó el gerente.

Catalina sigue atenta el resumen que Daniel hace de su pliego petitorio. Lo que más le gusta es la conclusión: "No hablo a título personal sino en nombre de todos los trabajadores que, como yo, enfrentan muchas adversidades para desempeñarse en un sector de nuestra industria sin chimeneas". Suspira cuando ve a Daniel escribir la despedida: "Sin más por el momento y en espera de sus noticias, se despide de usted su amigo...". Daniel está orgulloso de su rúbrica, llena de garigoleos, pero esta vez no parece satisfacerlo y opta por sumarle una línea: "Trabajador adscrito, de manera anónima, pero muy importante, al ramo turístico".

PATA-PATA

Apenas da vuelta en la esquina, Porfirio descubre el envase metálico. Es como si alguien lo hubiera dejado allí, entre los montones de basura, para que él ejercite su puntería y descargue su enojo. Sin alterar el ritmo de sus pasos, Porfirio hace un movimiento de péndulo con la pierna derecha y lanza una patada. El tiro fallido levanta una nube de polvo y alborota a los perros callejeros.

Porfirio pretende no darle importancia al desatino y sonríe. Antes de seguir adelante se inclina, toma una piedra y la arroja contra la manada que se dispersa. La calle vuelve a quedar tranquila y el hombre tiene la impresión de que nadie habita las casas de tabique, desnudas y blancas como osamentas en medio del desierto.

"Adiós, Pata." En vez de responder al saludo, Porfirio acelera el paso y se mira la muñeca izquierda, como si aún la adornara el reloj que malbarató hace ocho días. "Cincuenta varos. ¡Qué méndigo!" El recuerdo de la venta lo remite a la discusión que hace unos minutos tuvo con su esposa. La imagen de Estela gimiendo le provoca dolor en el pecho. Porfirio sabe que contra esa sensación no hay más alivio que caminar de prisa, alejarse de la casa donde su mujer seguirá llorando y maldiciendo el calor, las hileras de hormigas que anuncian la lluvia que no llega y la mugrosa televisión.

"¿Qué culpa tengo de que se haya descompuesto? Yo ni la veo. ¿A qué horas?, si vivo trabajando como burro." Eso fue lo que gritó Estela y lo que Porfirio interpretó como una reclamación indirecta. Él también pudo decir: "¿Qué culpa tengo yo de no encontrar empleo cuando lo busco?", pero se concretó a tirar manotazos por todas partes hasta que logró cimbrar el cuerpo de Estela que rebotó contra la pared, dio de lado sobre el altero de huacales y cayó al suelo.

Allí Porfirio siguió acosándola con la punta del pie derecho hasta que Irene, su hija, pidió clemencia —"No le pegues a mi mamá"— y juró que nadie había descompuesto la tele. "Entonces qué: ¿se chingó sola?" El grito de Porfirio estremeció a la niña, que enseguida, como siempre que siente miedo, cayó en otro periodo de tartamudeos y convulsiones.

"¿Ya ves lo que hiciste?", dijo Estela mientras se levantaba y corría para masajear los brazos de Irene. La niña siguió pronunciando la versión deformada, incomprensible, de la súplica: "No le pegues a mi mamá". Avergonzado, Porfirio se metió las manos en los bolsillos y giró en busca de otro objeto sobre el cual descargar su furia, siempre enroscada en la punta de su pie derecho.

"Apenas puedo creer que te pongas así nomás porque la tele se descompuso. Si es por el cochino futbol, vete a verlo a la cantina o donde sea, pero lárgate, lárgate. No quiero que te quedes aquí, loco desgraciado. Sí, eso es lo que eres: un loco."

Al oír esas palabras la expresión de Porfirio se alteró. Eran las mismas que le decía su padre cuando, de niño, le confesaba su anhelo: convertirse en un campeón goleador. En aquellas ocasiones, ante la mirada escéptica de su padre, Porfirio adelantaba el paso —esforzándose por disminuir el rengueo originado en quién sabe qué genes— para golpear con la fuerza de su pie izquierdo los envases y las bolsas de basura dejadas en el arroyo. El objetivo salía disparado unos cuantos metros y el niño transformaba los elogios de su padre —más condescendiente que entusiasta— en una ovación imaginaria destinada a él, Porfirio, mejor conocido en el barrio como Pata-Pata.

La perversidad de sus compañeros de escuela había inventado el sobrenombre para subrayar la fatal desigualdad de las piernas —la derecha más corta que la izquierda— que Porfirio intentó desvanecer sometiendo la extremidad defectuosa a un entrenamiento constante que convertía todo objeto en blanco para su ansia de campeón goleador. "Estás loco, Pata."

Eso fue lo último que Porfirio escuchó hace unos minutos, antes de salir de la casa huyendo y perseguido por las miradas rencorosas de las vecinas. Una se atrevió a decirle: "Pata, no seas así", pero él siguió adelante, envenenado por la furia que no logró descargar sobre el envase metálico. El recuerdo de ese objeto le inspira el deseo de volver al punto donde quedó y abatirlo con su puntería. El temor de un segundo fracaso lo mueve a seguir adelante.

Aturdido por el bochorno, cegado por la luz blanquísima, Porfirio apenas se da cuenta de que llegó al paradero de las combis. El sitio le agrada porque le recuerda la portería de la cancha escolar: era toda suya después de las dos de la tarde. A esa hora, en el patio desierto, no había testigos de sus intentos por hundir el balón en la red desprotegida. Algunas hazañas solitarias inspiraron en Porfirio la decisión de exigirles a sus compañeros una oportunidad para sumarse al equipo y entrenar con ellos en la Ciudad Deportiva.

Porfirio lo consiguió en tres ocasiones y siempre gracias a la intervención del maestro Julio: él ordenó que lo incluyeran en el juego, él verificó que el equipo de los Juanes realmente lo pusiera al tanto de sus estrategias, él fue quien más aplaudió la mañana del viernes que Pata logró meter su primer gol. El esfuerzo por conseguir ese triunfo pareció agotar a Porfirio porque después de aquel día cometió un error tras otro hasta que al fin fue el mismo maestro Julio quien, presionado por la exigencia de los Juanes, lo llamó aparte y le dijo: "Te estás presionando demasiado. No tienes por qué jugar futbol. Los goles no son lo único importante en la vida y además hay otros deportes. Piénsalo...". Porfirio no preguntó cuáles. Como siempre, en el trayecto a su casa fue golpeando todos los pequeños obstáculos —bolsas, latas, envoltorios— sin fallar un solo tiro, escuchando la ovación que nunca volvió a oír: "Mucho por Pata, mucho por el campeón".

Muy poco tiempo después su padre lo sacó de la escuela. Porfirio no protestó. A partir de ese día su vida comenzó a rodar como un balón en la cancha sin que él intentara detenerlo: aceptó recorrer con su padre los tianguis del municipio, aceptó casarse con Estela cuando su mamá descubrió que la muchacha tenía el vientre inflado como un balón, aceptó la asesoría de un compadre cuando se puso a construir las cuatro paredes del cuarto donde vive, aceptó que Dios le mandara una hija en vez de un niño, aceptó que Estela decidiera llamar Irene a la recién nacida, aceptó la enfermedad incurable de la niña, aceptó limitarse a ver en el puesto de periódicos las publicaciones deportivas, aceptó la mirada burlona de su esposa cuando lo descubre mirando embelesado los partidos de futbol en la tele, aceptó los gastos del entierro cuando murió su padre, aceptó que le prohibieran seguir vendiendo ropa usada en el mercado, aceptó el rechazo en las fábricas y almacenes donde se presentó a buscar trabajo, aceptó que sus treinta años sean un obstáculo insalvable, aceptó entrevistarse con un pollero, aceptó que Estela se ocupara de sirvienta, aceptó quedarse cuidando a Irene hasta la noche, aceptó quitar la ropa de los tendederos cuando amenaza lluvia, aceptó perseguir al camión del gas, aceptó los préstamos de sus amigos, aceptó vender su reloj de dos metales, aceptó salirse de la casa luego de que su esposa lo llamó "loco desgraciado".

Al concluir el rápido balance de su vida, Porfirio reconoce que, después de aceptarlo todo, por lo menos tiene derecho de protestar por la descompostura de la tele. Ve como *otra* injusticia el desperfecto que apareció cuando se acerca lo mejor del mundial. El razonamiento lo reconcilia consigo mismo y le produce una sensación muy placentera, idéntica a la que experimentó aquel viernes, hace muchos años, cuando logró anotar un gol.

Lo aparta del recuerdo el estruendo del autobús que se aproxima. "Ruta 7: Ciudad Deportiva." Porfirio le hace la parada, dichoso de saber que pronto recorrerá otra vez la cancha polvorienta y desigual: el terreno de su único triunfo.

Postales del otro mundo

Laura emplea toda la tarde en recorrer su nueva casa. La deleita escuchar el eco de sus pasos amplificado por los techos altos y los grandes espacios. Cada uno le sugiere las dimensiones de un mueble o algún detalle especial: mesas de patas garigoleadas, un sillón austriaco, un gran espejo para cubrir la sombra que un trinchador enorme dejó impresa en la pared.

"Un gran espejo", repite Laura, girando al ritmo de su entusiasmo. La desborda de tal modo que corre hasta la última habitación y con dificultades abre la ventana. Llevaba mucho tiempo clausurada, según le ha dicho doña Enedina, la propietaria de la casa.

Anochece. Sólo un farol ilumina la calle desierta. Laura asocia su escaso resplandor con la neblina. "Estoy loca", murmura sonriente, dispuesta a permanecer allí hasta que el sueño la venza. En ese momento advierte que aún no ha decidido en cuál de las cinco habitaciones alineadas en el primer piso va a dormir. Todas conservan su mobiliario. Laura piensa en la cabaña de los osos donde se refugió Ricitos de Oro. La memoria del cuento leído tantos años atrás la conmueve. Sus ojos se humedecen. "Estoy loca", repite y se lleva la mano a la mejilla, como si temiera que alguien fuese testigo de su emoción.

Por primera vez piensa en su anterior departamento. Las habitaciones minúsculas y los techos bajos nunca le han inspirado la euforia que desde esta mañana la hace verlo todo bajo una luz distinta. Sin advertirlo empieza a cantar: "Deséame suerte,/hoy que parto lejos/y temo perderte;/deséame suerte en beso callado/y en abrazo fuerte...". La imposibilidad de recordar otros versos de su bolero predilecto le produce la sensación de hallarse al borde de un precipicio. Mira hacia abajo. Junto a la banqueta descubre la rueda de una carriola sepultada entre un montón de basura. Evoca un cuadro surrealista.

Laura agita los puños en el aire. Divertida, feliz, más despierta que nunca se dice: "Basta ya, basta ya". Cierra los ojos, aspira una bocanada de aire y se propone abandonar su observatorio. Si en ese momento no se aleja de la ventana amanecerá allí, aterida y ojerosa. Es inútil exponerse a semejante riesgo cuando le queda el resto de su vida para explorar las noches desde su ventana.

Una nueva ocurrencia la intriga: ¿cómo será esta calle dentro de treinta años? ¿Cómo será ella para entonces? En el 2030 Laura tendrá la misma edad que tenía Cipriano Vélez el anterior propietario de la casa, cuando murió en diciembre de 1999. ¿Cómo habrá sido? Enseguida rehúsa la posibilidad de terminar como él: prisionero en una silla de ruedas, ávido de viajar y teniendo que conformarse con ver el mundo desde ese mismo punto en que ella se encuentra ahora. "Nadie puede tenerlo todo", dice Laura y cierra la ventana.

Cuando se abren las puertas de las tres habitaciones se forma el pasillo. Con las manos hundidas en las bolsas del abrigo, Laura vuelve a recorrerlo. Fascinada por el eco de sus pasos, recuerda lo que esa mañana le contó doña Enedina, única sobreviviente de los Vélez y heredera de sus propiedades: "Mi hermano se pasaba el día dormido y la noche dando vueltas en su silla de ruedas. Tuve que cambiarme a la pieza de allá arriba porque él no permitía que cerráramos ninguna puerta y esto se volvió corredor. Aquí soñaba con todos los viajes que nunca pudo hacer".

Al terminar la confidencia, doña Enedina la condujo a la terraza. Es magnífica a pesar de los tendederos y los macetones con restos de plantas secas. "Aquí es donde Cipriano tomaba el sol. Parece que lo veo con los ojos cerrados, diciendo: 'Navego. Estoy en la cubierta de un barco'. Sí, el mar era su encanto. Muchas veces le ofrecí llevarlo a que lo conociera pero nunca aceptó. No veía a nadie, jamás salió a ningún lado. Le molestaba mucho que las personas se le quedaran mirando como si fuera un bicho raro."

Doña Enedina interrumpió su relato. Laura comprende que debe de haber advertido su impaciencia por quedarse sola y adueñarse del espacio que a partir de ese momento era del todo suyo: "La dejo. Tiene mi teléfono para cualquier cosa que se le ofrezca". Laura agradeció la amabilidad y le anunció que la invitaría a comer en cuanto estuviera instalada.

Mientras bajaban la escalera, Enedina suspiró: "Por estos escalones jamás anduvo mi hermano. Parece que lo oigo gritarme desde el barandal: 'Enedina, tráeme mis tarjetas'. Las postales eran su locura. Como no tenía a quién mandárselas, sin darse cuenta acabó por formar una colección. La guardaba en el mueble blanco que está junto a la primera recámara. Ya para morir, me pidió que no fuera a tirar sus postales. Respeté su voluntad. Le advierto que nunca las he visto. No sé cómo estarán". Doña Enedina se detuvo en la puerta y miró por última vez la placa de cerámica con el domicilio y el nombre de la familia. Luego hizo una última sugerencia: "Tendrá que cambiarla por otra que lleve su nombre: Laura Rivas".

Laura piensa en ver la extraña colección de Cipriano. Es una de las muchas tareas fascinantes que tiene por delante. Decide postergarla hasta el momento en que la casa le haya revelado todos sus secretos.

Para dormir Laura elige la primera recámara. No se atreve a cerrar las puertas. A ella también le gusta la sensación de libertad que se respira en ese corredor ficticio. Toma el juego de sábanas y se da cuenta de que aún lleva puesto el abrigo, como si estuviera de visita o entrara en el camarote de un barco. Añade: "O en un cuarto de hotel". Complacida con la idea vuelve a cantar: "Deséame suerte,/hoy que parto lejos y temo perderte;/deséame suerte en beso callado/y en abrazo fuerte". De nuevo no logra pasar de allí.

Eso la mortifica y la hace cambiar sus planes: mañana, en vez de buscar un plomero, traerá un electricista para que acondicione el que será cuarto de música. Con el patio de por medio, está frente a su habitación. No le tomará ni un minuto llegar allí. Puede hacerlo ahora sin que nadie se extrañe. Laura mira el reloj. Es la una de la mañana pero no tiene sueño. En vez de meterse en la cama decide explorar el futuro cuarto de música; así cuando llegue el electricista, podrá darle instrucciones precisas.

Al salir rumbo al pasillo exterior Laura se detiene junto al mueble blanco donde está la colección que formó Cipriano. A través de los cristales ve paquetes envueltos en papel de China blanco. Le recuerdan a su madre doblando una sábana y diciendo algo muy triste que Laura no desea precisar.

Por primera vez desde que llegó a su nueva casa Laura siente miedo. Debe combatirlo si no quiere que anide allí para siempre. Se quita el abrigo, retrocede unos pasos y mira el mueble blanco, sorprendida de que lo hayan colocado tan alto cuando debería estar al alcance de Cipriano. Para explorarlo ella tendrá que subirse en algo. Se asoma hacia las habitaciones interiores. En la última, junto a la ventana, ve una silla de ruedas en la que no había reparado. Procura no darle importancia a su descubrimiento y, dispuesta a emplearla como escalera, va por ella.

Pone las manos en los manubrios y empuja la silla, primero con energía, después con suavidad. La mezcla de su taconeo con el rumor de las llantas que giran sobre el piso de mosaico le gusta y le devuelve los versos olvidados de su canción: "Deséame suerte,/cuando cada noche/me sientas ausente/y nada ni nadie/ podrá separarnos/ni la misma muerte...".

Laura se detiene frente al mueble blanco. Subida en la silla abre las puertas de cristal. Al azar toma un paquete blanco. Lo desenvuelve. Sonríe al ver que las decora un mismo paisaje marino. Su gesto desaparece cuando lee en todas y cada una de las postales el nombre de su destinataria: Laura Rivas.

LA VUELTA DEL PRISIONERO

Fermín no se ha dado cuenta de que su paso se ha hecho carrera ni de que va trotando al ritmo que le imponían en la cárcel. "Un-dos, un-dos. ¿Ya te cansaste, cabrón?" Sólo piensa en llegar al Vado Grande a tiempo para tomar el autobús. Si lo pierde, se quedará allí dos o tres días, esperando el próximo viaje. Fue lo único que consultó con Valeria. "Mejor te esperas allá. Si regresas me dolerá mucho despedirme otra vez."

Fermín inclino la cabeza. "Cuando te hable, me miras de frente y me respondes: Sí señor. ¿Entendiste o te lo hago entender, indio de mierda?" El recuerdo de aquella orden lo sacudió, como una descarga eléctrica. Su frente se humedeció y él se llevó la mano a la sien. Desde que volvió Fermín, Valeria lo ha visto repetir una y otra vez ese movimiento. Su instinto le dice que *allí está* la obsesión que desvela a su marido, el obstáculo que le impide poseerla, el miedo que lo estremece durante los cortos lapsos de sueño, la razón de que se pase horas acuclillado en medio del solar, lejos de la sombra: "Te me quedas ahí, indio infeliz, hasta que se te quemen los pocos huevos que tienes".

Fermín se detiene abruptamente. Inmóvil, tiene la sensación de que todo gira en su derredor. Pierde el equilibrio. Levanta la cabeza y aspira hondo el aire purísimo, cargado de rocío, que baja de las montañas. Soñó con volver a verlas cada minuto de las mil noches que estuvo en el infierno. "¿Cómo es tu tierra, compadre?", y ahora que las tiene cerca no logra descubrir su belleza. "Allá las cimas de los cerros tocan el cielo pero no se lo digas a nadie."

Antes de dar vuelta en la esquina el Dandy se palpa los bolsillos del pantalón y cabecea. No logra sacudirse el dolor que lleva permanentemente clavado en la herida del cuello. "Ya se te enconó", le dijo Nancy. "Oh, morra, ¿y eso qué quiere decir?" "Que no se te va a quitar nunca, igual que lo cabrón." En venganza él le apretó el seno hasta que la caricia se volvió una tortura y ella gimió. "Loca, ¡bien que te gusta!", le gritó él y salió riéndose del cuarto.

Nancy se quedó llorando, más que por el dolor a causa de los celos. Hace tiempo sospecha que el Dandy tiene otra mujer. ¿Qué más podría justificar que, de unos meses a esta parte, él salga a la calle al filo de las seis? Su hermana le hizo ver que a esas horas cierran las oficinas y Nancy está segura de que él la engaña con una empleada.

Se ha esforzado por ocultarle sus recelos al Dandy, pero de noche, cuando lo oye volver, afila sus sentidos para descubrir alguna señal comprobatoria. Su búsqueda es inútil. No puede escuchar, ni oler indicios reveladores porque el Dandy se tira en el sillón y se mantiene hosco, silencioso, atento a los ruidos de la calle.

Los más suaves son los que lo inquietan y lo hacen salir al callejón, descalzo y con la camisola abierta. Vuelve al cabo de unos minutos, sudoroso y contrariado. "¿Qué había?", pregunta Nancy. "Nada, duérmete", le contesta y se tiende junto a ella para traducir los rumores de la noche. Cuando se convence de que ninguno le significa peligro, se abandona. Entra despacio en el sueño. Allí lo esperan unos ojos suplicantes que lo obligan a desviar la mirada. En ese momento despierta de una pesadilla y vuelve a otra: la realidad.

Fermín se entristece aún más cuando ve que el arriero toma la desviación a sus rumbos, Los Mezquites. Le gustaría seguir sus pasos y regresar allá, junto a su mujer y sus tres hijos. Se alegra de que sean tan pequeños y aún no hagan preguntas. En cambio Valeria estará quebrándose la cabeza, tratando de explicarse qué significan las marcas en su espalda, por qué en las noches se despierta gritando; pero sobre todo por qué quiso regresar a la ciudad que aumentó su miseria, lo hundió en la cárcel y lo volvió tan triste.

Fermín se apoya en el tronco de un árbol, abre el morral de ixtle y saca una tortilla. La come despacio, mirando temeroso a uno y otro lado. El día en que Valeria descubrió ese movimiento llamó a sus niños para que lo vieran. Creyó que se trataba de una broma o un juego. Entendió que no cuando Fermín, al sentirse observado, cruzó las manos sobre el pecho y gritó: "Digo que soy perro, digo que eres mi padre, digo lo que quieran, pero no me la quiten".

Una gota de lluvia resbala por su frente. Fermín levanta la cabeza y mira las cumbres de los cerros. "Va a llover fuerte." El sonido de su voz lo asusta, como cuando volvía del aislamiento impuesto por alguno de los custodios para vencer su obstinación: "No pongas cara de que no sabes lo que hiciste, porque te va peor. Órale, vas pa'dentro". Para huir del hambre y del frío, para no enloquecer en medio de la oscuridad sin tiempo, Fermín adquirió en el apando el hábito de contarse su historia desde el momento en que llegó a la ciudad de México.

Tres años antes, cuando lo detuvieron, también la contó pero en su idioma. El Ministerio Público no la entendió, el defensor de oficio no la entendió, la secretaria no la entendió. Fermín tampoco comprendió cuando lo hicieron poner su huella en una hoja ni cuando se la leyeron en voz alta: "El de la voz, Fermín Gregorio Domingo, se declara culpable de homicidio en grado de tentativa con arma punzocortante, en agravio de Juan Carrillo Carrillo, alias el Dandy".

Al ver que dos custodios se acercaban, Fermín levantó las manos y, siempre en su lengua, contó lo que realmente había pasado. Logró describir la forma en que el Dandy lo había herido en el brazo para arrebatarle el dinero. No lo dejaron relatar la otra parte de la historia.

Ahora que está solo, bajo la lluvia del amanecer, la cuenta a gritos, en su lengua, pero la refiere así para que la repita el eco de los cerros: "El patrón me había dicho 'Tengo confianza en ti'. No podía dejar que el Dandy se llevara el dinero. Le quité la punta manchada con mi sangre y me defendí. Pero el Dandy pidió auxilio, llegaron los policías y como me vieron con el arma en la mano dijeron: 'Ah, conque lo quisiste matar, pinche indio, ahora te vas al tambo y por mi madre que no sales'. Mientras me subían a la patrulla miré al Dandy, como pidiéndole que dijera la verdad, pero él siguió acusándome".

Un acceso de tos sacude a Fermín. Se cubre la boca con el antebrazo. Lo mismo hacía en la cárcel para evitar que sus compañeros despertaran y volvieran a insultarlo. Desde que aprendió su significado, ciertas palabras le resultan intolerables.

Se dio cuenta el día en que estuvo a punto de agredir a un nuevo recluso que, por ganarse su amistad, le dijo: "Lo malo es que me apendejé y me apañaron, pero alcancé a pasarla medio bien con los sesenta mil varos. Tú, en cambio, estuviste a punto de volverte asesino por sólo trescientos pinches pesos. ¡Treinta dólares, güey!".

El momento en que lo liberaron salió con la intención de irse a la terminal para regresar a su tierra; pero algo extraño lo desvió y sólo al bajarse del camión se dio cuenta de que estaba en el sitio donde lo habían detenido. Nuevos vendedores invadían la calle, sin embargo, el barrendero era el mismo: "¿Qué pasó, Fermín? ¿Vienes a buscar chamba?". Al oírlo, Fermín se dio cuenta de que eran otros sus motivos. El barrendero los adivinó: "Olvídate. Aunque vayas y denuncies y enseñes pruebas, al Dandy no le van a hacer nada, nomás porque es güerito. Déjalo con su conciencia. Tú devuélvete a tu tierra".

Aceptó el consejo. La familia, el paisaje, el silencio lo fascinaron pero no pudieron liberarlo. Siguió preso del hombre que tiene secuestrada su inocencia. Ahora vuelve a la ciudad para rescatarla: obligará al Dandy a que confiese que él, Fermín Gregorio Domingo, no es asesino ni ladrón.

Fermín sabe que el Dandy podría negarse, pero entonces él no fallará: le clavará el cuchillo en la vieja herida, una sola vez, aunque signifique su regreso al infierno.

Cuando la crisis tomó la curva ascendente adquirí el hábito de comer lentejas. Me las recomendó una amiga que las guisa desde que su esposo empezó a alejarse. Mucho después de que Margarita me dio el consejo gastronómico entendí sus verdaderos alcances: el potaje de lentejas es el tipo de guiso que una mujer se cocina rápido y come sola, mientras pretende que no le importa hallarse frente a una mesa desierta y no la humilla mantenerse atenta, como un perro, a los pasos en la calle, al teléfono o al mínimo crujido de la puerta —por donde, en esas circunstancias, jamás entra nadie.

Semanas más tarde, cuando las dificultades con Santiago llegaron a su clímax, me entró la compulsión de limpiar yo misma las lentejas antes de guisarlas. Pasarme horas enteras inclinada sobre la mesa, detectando una piedrita o una basura entre cientos de semillas, es mucho menos desagradable que maldecirme por mi ocurrencia: "Sí, deja que July vea tu obra". ¡Estúpida!

La terapia rastreadora tuvo otros efectos

positivos colaterales: frenó mis imaginaciones morbosas en que se mezclaban las manecillas del reloj y las ausencias, cada vez más prolongadas, de Santiago; me permitió descubrir la extraordinaria variedad en el colorido de las lentejas y despertó mi interés botánico. Gracias al diccionario, ahora sé que la lenteja es una planta herbácea, anual, de la familia de las papilionáceas, con tallos de tres a cuatro decímetros, endebles; tiene hojas oblongas que dan flores blancas con venas moradas. Alguna vez alenté el deseo de adornar mi cocina con un ramillete. Ahora sólo me gustaría verlas floreciendo en alguna hortaliza.

No exagero al decir que tengo otro motivo de agradecimiento hacia las lentejas: me devolvieron parte de la autoestima perdida cuando descubrí que aún poseía algo que Santiago apreciaba mucho al principio de nuestra relación: mi terquedad. No imaginé que con el tiempo esa característica mía iba a ser motivo de enojo: "¿Por qué insistes tanto en que no abandone la escultura ni la cerámica? Con eso lo único que logras es presionarme".

Convencida de que iba derecho al fracaso, opté por callarme. Fingí que no me dolía ver a Santiago atrapado en su profesión de contador mientras en su tallercito —a punto de convertirse en cuarto de trebejos— seguían empolvándose sus obras.

Una noche en que Santiago y yo salíamos del cine nos topamos con Leonardo, antiguo condiscípulo de mi esposo en la Academia. Lo acompañaba July, una muchacha pelirroja, envuelta en un complicado vestido étnico. Era crítica de arte, según nuestro viejo amigo. Me dio gusto verme otra vez cerca del tipo de personas que Santiago y yo frecuentábamos en los primeros tiempos de nuestro matrimonio.

Le recriminé a Leonardo que nos tuviera tan abandonados: "¿Sabes cuándo fue la última vez que nos visitaste? El día en que Santiago expuso en la Casa de la Cultura". July abandonó la actitud distante: "¿Es artista plástico?". Santiago respondió con vaguedad: "Bueno, tengo algunas cosas, pero no me considero un profesional". Leonardo dijo que no fuera modesto y sugirió que invitara a July a ver su obra. "Pues sí, un día de estos..." Leonardo insistió: "Eso no se vale. Dile cuándo". Tomé la iniciativa: "¿Por qué no vienen el jueves?". Leonardo respondió que tenía un compromiso. July levantó los hombros, entre indiferente y caprichosa: "Pero yo estoy libre. ¿Está bien si llego a las siete?".

De vuelta a casa sentí que Santiago y yo comenzábamos nuestra vida: mi defensa de su obra era una forma de recordarle mi amor y mi fe en su creatividad. Hacía mucho tiempo que no hablábamos del tema. Sobre las palabras con que años atrás él y yo conversábamos de arte también había llovido polvo. Era urgente retirar esa capa gris y asfixiante.

Comencé por el taller. Dediqué muchas horas a limpiarlo. Después acomodé bajo la mejor luz esculturas y cerámicas. Tuve tiempo de contemplarlas. Me produjo una inmensa emoción recordar que mis senos eran parte de *Apocalipsis XXI*. Pensar que podría decírselo a una *experta* me llenó de orgullo.

July se presentó sola. Me dio un beso en cada mejilla y nos urgió a que la lleváramos al taller. Nunca olvidaré su estremecimiento cuando vio una figurita de arcilla modelada por mi esposo. Aseguró que jamás había hallado algo tan puro: "Nos devuelve la inocencia". Pronunció la última palabra mientras mantenía los ojos bajos, perdidos en quién sabe qué profundidades.

Santiago, que se había pasado la semana recriminándome que hubiera invitado "a la flaca esa", se entusiasmó y accedió a mostrarle todos sus trabajos inconclusos, en particular la serie de esculturas a base de chatarra y desperdicios que había titulado *Apocalipsis XXI*. Creí que era el momento de que Santiago descubriese sus capacidades oratorias y hasta mi relación con la obra, así que murmuré: "Explícale".

July se volvió a mirarme con expresión de reproche y luego procedió a decirnos lo que sabía de antemano. Con los ojos brillantes habló del mensaje contenido en las piezas inconclusas —a las que comparó con un grito ahogado—: "Es una admonición acerca de la violencia, la miseria, la guerra, el desastre ecológico, la crisis monetaria: todo lo que ensombrece la llegada del siglo XXI".

Era el momento de intervenir en aquella conversación de la que poco a poco iba quedando excluida. Mencioné escenas de violencia vistas en la tele: "Las filmaron en un lugar de África, no recuerdo dónde. ¿Te acuerdas tú, viejo?". Santiago castigó mi cotidianidad con una mirada fulminante. Entendí tardíamente que no se llama *viejo* a un creador, aunque sea el marido de una, y menos en presencia de una crítica de arte.

July nos dijo que jamás veía la televisión porque era un medio contaminado y un abominable recurso de control sobre las masas. Relacioné la frase con los cinco kilos que desbordan mis caderas y prometí que a principios de agosto —pasado el cumpleaños de Santiago— iniciaría la dieta. Cómo iba a imaginarme que para esas fechas estaría convertida en una solitaria devoradora de lentejas.

Le ofrecía una cuba a July. Ella bebió en silencio y así estuvo durante algunos minutos. "¿Pasa algo", pregunté. Antes de contestar ella se mordió el labio inferior: "No sé. Es que aún estoy emocionada. La obra de Santiago es tan... Tengo las manos frías por la emoción". Para desvanecer las dudas de mi marido, le tocó la mejilla: "¿No estoy helada? Es por tu culpa. Tienes que terminar esos trabajos, debes hacerlo. Es más: no me moveré de aquí, y conste que ya es bastante tarde, si no me lo prometes".

El temor de que la insistencia de nuestra invitada provocara el disgusto de Santiago alteró mi expresión. July lo notó y me dijo: "Quizá tú no alcances a apreciar todo el mensaje que hay en *Apocalipsis XXI*, es natural: la cercanía te impide tener la perspectiva necesaria...". Iba a decirle que estaba equivocada, que el título y los senos de *Apocalipsis XXI* eran míos pero no tuve tiempo. July y Santiago se enfrascaron en una discusión acerca del posmodernismo. No me dirigieron la palabra. Tal vez ambos pensaron que me faltaba "perspectiva" para opinar.

July se despidió. Dijo que le gustaría encontrarse con Santiago para entrevistarlo y escribir un largo artículo acerca de su obra. Mi esposo fingió no interesarse pero en la mañana no encontré entre las botellas el papelito con el teléfono de July. "¿Lo tomaste?", pregunté. "Sí, por lo de la entrevista..." "¿Vas a verla?" "No sé; si me decido, supongo que con una o dos horas bastará." No fue así. Continúan viéndose pero el artículo aún no aparece en ningún suplemento cultural.

Al regresar de sus citas con July, motivado por ella, Santiago entra en el taller. Permanece horas allí pero la inspiración no regresa y él se limita a contemplar *Apocalipsis XXI*. La escultura permanece inconclusa y ha vuelto a oscurecerla el polvo. Yo sigo devorando lentejas.

Habitación 14

Hace tres semanas que Daniel no se me aparece. Juraría que hoy viene. Lo sé porque en toda la tarde no se me han acercado ni las moscas. Entre ese hombre y yo sucede algo muy raro: al despedirnos jamás hacemos cita para una próxima vez; sin embargo, adivino cuándo volverá a buscarme. No por eso rechazo a los clientes; es más, ni tengo que hacerlo porque no me llegan, así que Daniel siempre me encuentra solita. Aunque nunca me lo haya dicho, sé que eso le gusta. A mí lo que me fascina es que nos toque la habitación 14: conozco todas las marcas del techo.

Daniel acostumbra llegar por Circunvalación. No me saluda, me mira y nos vamos juntos al hotel. Cuando nos entrega la llave, Arsenio me lanza una miradita en la que adivino sus buenos deseos: que conozca un hombre capaz de sacarme de este ambiente. No me hago ilusiones, comprendo que eso va a estar en chino, pero de todas formas no pierdo las esperanzas de que me llegue un tipo decidido a arriesgarse en serio por mí. Sea quien fuere, mi Príncipe Azul no será Daniel. Ya tiene su vida: mujer, hijos y hasta hace poco también tenía un trabajo seguro. Ahorita nada más le quedan la esposa y dos muchachos —Sergio y Rolando— que, según me cuenta, no lo respetan. Lo dice porque desde que perdió el trabajo, todos los permisos se los piden a su madre y no a él.

Procuro cambiarle el rollo haciéndole ver que los hijos siempre tienen más confianza con la mamá. Daniel no me cree, sigue pensando que sus chamacos no lo toman en cuenta porque ya no es capaz de mantenerlos y darles lo que quieren, mientras que su mamá, sí.

A Daniel lo despidieron el 18 de abril. Lo sé perfectamente porque es mi cumpleaños y ese mero día vino a buscarme por vez primera. "Quince minutos, treinta pesos", le dije. No me contestó. Sólo me hizo una señal para que lo siguiera al hotel. Desde que entramos al cuarto sentí su mala vibra. "Algo le sucede a este tipo", pensé y me acosté en la cama, del lado de la puerta porque temía que Daniel fuera de la clase de hombres que tienen las manos pesadas.

Aquella vez Daniel no me tocó. Nada más se quitó la corbata como si fueran a ahorcarlo con ella. "Por mí, mejor, con tal de que me pague." No lo dije, pero él adivinó mis pensamientos porque luego puso el dinero en el buró. Seguí callada. En este negocio entre menos hables, mejor. De todas maneras, se me hizo medio gacho estar allí, como quien dice sin desquitar los treinta pesos, y me animé a preguntarle si le sucedía algo.

La risita de Daniel me pegó en la mera boca del estómago porque me recordó la de veces que me he reído para disimular que me está llevando la chingada. Comprendí que era eso lo que le sucedía a él cuando vi cómo se dejó caer en el sillón y me dijo: "Todo. Me está pasando todo".

Seguí muda para darle chance de que se desahogara. Daniel iba a hacerlo cuando Arsenio tocó la puerta: "Flaca, ¿estás bien?". Hace lo mismo siempre que me tardo más de quince minutos con un cliente. Tiene miedo de que alguno vaya a darme en la madre. Le contesté que no se preocupara. Yo no sé lo que haya pensado Daniel en ese momento porque enseguida agarró su corbata y se fue derechito a la puerta, sólo que antes de salir me dijo "Gracias". Llevaba años sin escuchar esa palabra —creo que ya hasta se me había olvidado su existencia— y de la pura emoción de que alguien me la dijera, me solté llorando.

En la noche, cuando se lo conté a Arsenio, me salió con un rollito: "Que se me hace que vas a enamorarte de ese tipo". Le dije que no: que a los hombres casados los aguanto nada más de entrada por salida. "¿Y cómo sabes que es casado?" Ahí sí ya no supe qué contestar. Daniel no traía anillo pero por la forma en que se quitó la corbata y se dejó caer en el sillón, imaginé que seguramente hacía lo mismo cuando llegaba del trabajo para contarle a su mujer sus problemas. Esa tarde no lo hizo porque le dio vergüenza confesarle a su esposa que acababan de botarlo de su chamba.

Ahora lo sé porque Daniel me lo contó después, cuando empezó a tenerme confianza.

De abril para acá, Daniel ha venido a verme once veces, pero no siempre *lo hemos hecho*; sin embargo, platicamos como si estuviéramos descansando *después de...* Fumamos y él me cuenta muchas cosas: de sus batallas por conseguir trabajo, de lo chévere que va el negocio de su mujer —un salón de belleza que lleva su nombre: Linda— y también de las majaderías que le hacen sus hijos. Cuando Daniel grita: "Esos muchachos no me respetan", imagino cómo será dentro de unos años, cuando Sergio y Rolando lo conviertan en abuelo.

A lo mejor estoy equivocada, pero creo que Daniel me habla como lo hacía antes con su esposa. Eso me gusta y acabo imaginando que soy otra —Linda no: me cae mal— y que Daniel es mi marido. Mis sueños siempre terminan muy feo: cuando él me paga. Entonces vuelvo a ser yo. Siento horrible, sobre todo porque las últimas veces Daniel me ha dejado en el buró sólo monedas. No sé por qué, pero cuando las veo supongo que las tomó de la cajita donde caen las propinas para Linda. Con eso tengo para que me den ganas de llorar.

Daniel ni se lo imagina. El único que conoce mis sentimientos es Arsenio. Cada vez que se los confieso me regaña. No entiende por qué acepto a Daniel si podría tener clientes mejores, que cuando menos no me dejaran tan triste. Yo no le contesto. Aunque Arsenio es bien inteligente, no estoy segura de que me entienda si le digo lo que me pasa con Daniel. No es amor, palabra que no. Lo que sucede es que siento muy bonito cuando nos despedimos y él me dice: "Gracias". Entonces creo que soy importante y vuelvo a soñar que soy otra mujer.

Objetos extraviados

La escena se vuelve peliculesca con la llegada de una cuarta patrulla. De las portezuelas traseras descienden dos uniformados con las armas en alto. Un oficial ordena a la multitud que se repliegue. Los curiosos no retroceden, murmuran mientras observan a los dos jóvenes que acaban de ser sometidos por los policías.

El rumor se intensifica cuando aparece, entre dos guardias, una muchacha de cabello apelmazado y ojos turbios que sonríe y murmura adormilada: "¿Qué onda? ¿Yo qué hice?". Cuando ve que sus custodios la conducen a una patrulla, su cabello y sus ropas forman un torbellino oscuro: "Pocholo, Kevin: no dejen que me lleven". Los detenidos levantan la cabeza. El guardia que los vigila les ordena que se mantengan quietos y en silencio. Aun así el Kevin —un muchacho con los brazos tatuados— grita: "Chántalas, Mona, y acuérdate de que nosotros no hemos hecho nada".

Las palabras de su amigo fortalecen a la Mona que logra zafarse de sus guardianes. Un forcejeo confuso provoca la risa de los curiosos a los que se suma don Ernesto. Con la autoridad que le confiere su traje gris, barato, se abre paso hasta la primera fila de observadores, entre ellos una mujer que le comenta con familiaridad: "¿Para qué se los llevan si mañana van a soltarlos?".

Don Ernesto asiente, dándole la razón, y después le pregunta qué hicieron los detenidos. La mujer explota: "¡Pues robar! No saben otra. Es una lástima que esos jóvenes delincuentes estén echando a perder su vida y de paso la nuestra". Un hombre delgadísimo que se encuentra a espaldas de don Ernesto aporta su comentario: "Y es lo mismo en todas partes. Van dos veces que me roban mis lentes en el metro". Don Ernesto se estremece: "¿No se le habrán caído?". El hombre sonríe escéptico: "Y si así fuera, ¿usté cree que alguien iba a devolvérmelos? Además, ¿cómo? Somos un chingo de gente". La mujer agrega: "Para mí que se los robaron, y no para usarlos, sino para venderlos en el baratillo".

Don Ernesto no cede: "Señor, le aconsejo que lo reporte a mi departamento y si los extravió le aseguro..." Introduce la mano en el bolsillo, pero el movimiento de patrullas y el rugido de las sirenas distrae a su interlocutor. En cuanto termina el operativo los curiosos empiezan a dispersarse. El hombre flaco protesta: "Qué madres: ni siquiera hubo balazos". Gira y sin dar tiempo a que don Ernesto le entregue su tarjeta, desaparece.

En medio de su desconsuelo, don Ernesto oye otra vez a la desconocida: "Son tiempos muy feos. Si seguimos así, llegará el día que no haya en el mundo ni un hombre honrado". Satisfecha con su conclusión toma los bultos que conserva entre sus pies y se va. Con voz sonambulesca don Ernesto repite: "Ni un hombre honrado".

Al pasar frente a un café de chinos don Ernesto siente deseos de entrar. Necesita tiempo para recobrarse antes de volver a casa. Allí lo espera su esposa. A causa de la diabetes doña Lucinda ha perdido casi la totalidad de la vista; sin embargo, no se le escapa la expresión, cada vez más angustiada, con que él vuelve de su trabajo. Cuando su mujer lo interroga él miente: "No te preocupes. Sólo estoy cansado. Tuve que registrar más de veinte prendas y sólo cuatro tienen alguna identificación. Me pasé la tarde consultando el directorio telefónico y haciendo llamadas".

Don Ernesto sabe que hoy no tendrá fuerzas para ocultarle a su mujer una realidad atroz por amenazante, compendiada en la sentencia de la desconocida —"llegará el día en que no haya en el mundo ni un hombre honrado"—y entra en el café. No hay parroquianos. El oriental que está junto a la caja abandona la lectura del periódico y observa al recién llegado hasta que lo ve elegir un gabinete con bancas corridas y pintado de verde como los demás. Una mesera se acerca arrastrando los pies y le sonríe antes de entregarle el menú. Don Ernesto lo rechaza con amabilidad: "No se moleste, ya sé lo que voy a tomar: café con leche y bísquets".

Don Ernesto se acoda en la mesa y se vuelve para inspeccionar el local. En la pared de enfrente descubre un paisaje de garzas y cerezos en flor. Le recuerdan las cajas de chocolates que solía regalarle a Lucinda antes de casarse. Enseguida se percata de que lleva años sin obsequiarle algo a su mujer. Se repliega hacia el respaldo de la banca cuando reaparece la mesera. Deja que vierta la leche y le murmura: "Me pone dos bísquets". La empleada le responde con brusquedad: "Ya me lo había dicho, ya se los voy a traer". Don Ernesto sonríe avergonzado: "Quiero decir, para llevar". La mesera levanta los hombros y se aleja.

Un sentimiento infantil embarga a don Ernesto cuando vierte el azúcar en la cuchara de mango larguísimo y la hunde en el café con leche. El tintineo que se produce lo reconforta, pero no borra el malestar que le dejó la conversación que sostuvo con su jefe. De la charla sólo recuerda los argumentos finales: "Don Ernesto, cuando inauguramos la oficina esta terminal era muy pequeña, el mundo era distinto al de ahora. La mejor prueba es que recibimos cada vez menos objetos extraviados. ¿Por qué será?". Don Ernesto no se atrevió a engañarse y su jefe siguió acorralándolo: "Pues porque cada día las gentes están más miserables y tienen menos esperanzas. Si yo fuera un infeliz y me encontrara una cartera ¿la devolvería? ¡No!". Don Ernesto se atrevió a replicarle: "Pues yo sí...".

Su jefe terminó mostrándose complaciente: "No lo dudo porque usted es muy buena persona, pero ¿cuántas más habrá así en el mundo?".

Don Ernesto agradeció el halago. Su satisfacción se convirtió en temor cuando oyó la frase final: "Opino que mantener esta Oficina de Objetos Extraviados es inútil. Pero vamos a ver, y usted no se preocupe: hace tiempo que tiene derecho a la jubilación".

Cuando se quedó solo, don Ernesto regresó a su escritorio y se concentró en el bolígrafo que una empleada de limpieza había descubierto en el baño de damas. Con una cinta adhesiva embalsamó el objeto y lo metió en un sobre previamente rotulado: "A las 13:46 lo depositó en esta oficina la trabajadora Arcelia Tiburcio". Levantó las cejas y miró largamente la única prueba de que su jefe estaba en un error.

❓

La empleada pone sobre la mesa el envoltorio de estraza con dos bísquets y se aleja, como si le diera horror permanecer más de lo necesario junto al viejo. Don Ernesto se palpa los bolsillos en busca de cambio para la propina. Una moneda de cinco pesos se le escapa y cae al suelo. Se inclina para recuperarla y descubre, bajo la banca de enfrente, una cartera oscura. Aturdido vuelve a su posición original. Siente alivio cuando ve que las empleadas conversan y el cajero sigue leyendo el periódico.

Mira el reloj, toma la bolsa con el pan y la deja caer. Se agacha a recogerla. Al mismo tiempo atrapa la cartera y la oculta en la manga con habilidad de prestidigitador. Ve que la mesera se acerca para retirar el servicio y lo asalta una duda, pero se concreta a decirle: "Gracias. Allí le dejé su propina". Antes de salir mira el paisaje de garzas y cerezos en flor.

Camina despacio, contento de tener la cartera en el bolsillo. En la esquina tropieza con una pareja y alcanza a escuchar lo que dice el hombre: "La traía, si no ¿con qué hubiera pagado?". La mujer responde algo confuso. Sin fijarse en la banderilla, don Ernesto aborda un microbús atestado.

Viaja con la mano metida en el bolsillo. Finge mirar la calle mientras redacta mentalmente la clasificación que escribirá a primera hora: "Billetera depositada a las 9:05 por Fulano de Tal. Contenido..." Es lo de menos. Lo que le importa es imaginar la expresión de su jefe cuando se entere. Entonces ya no podrá amenazarlo con cerrar la Oficina de Objetos Extraviados.

Don Ernesto sonríe y decide que la próxima quincena sorprenderá a su mujer con un regalo, algo que la haga sentir que todo marcha bien y que la quiere como cuando eran novios y le obsequiaba cajas de cerezas con chocolate. Lo asalta el recuerdo del café decorado con el paisaje de garzas. Por allí se desliza, como una serpiente, la sentencia pronunciada por la desconocida: "Son tiempos muy feos. Si seguimos así llegará el día en que no haya en el mundo un hombre honrado".

Limpios de todo amor,
escrito por Cristina Pacheco,
se aventura por los recovecos
de la condición humana para
dar vida, mediante los
instrumentos de la literatura,
a un conjunto de entrañables y
sugestivos personajes.
La edición de esta obra fue compuesta
en fuente palatino y formada en 11:13.
Fue impresa en este mes de enero de 2002
en los talleres de Litográfica Ingramex, S.A. de C.V.,
que se localizan en la calle de Centeno 162,
colonia Granjas Esmeralda, en la ciudad de México, D.F.
La encuadernación de los ejemplares se hizo
en los talleres de Dinámica de Acabado Editorial, S.A. de C,V.,
que se localizan en la calle de Centeno 4-B,
colonia Granjas Esmeralda, en la ciudad de México, D.F.